信不信由你，一週開口說西班牙語！
Español

José Gerardo Li Chan（李文康）
Esteban Huang Chen（黃國祥） 著

新版

作者序

想學習西班牙語,卻不知該如何下手嗎?翻遍琳瑯滿目的西班牙語學習書,卻不知哪本書適合初學者嗎?您現在翻閱的《**信不信由你,一週開口說西班牙語! 新版**》是一本經典暢銷、深獲好評的西班牙語學習書,相信是協助您西班牙語的絕佳入門首選。只要有心開始學習,再加上勇敢開口說西班牙語的信心,只要一週,保證您一定能說出一口漂亮的西班牙語。

本書由José老師和Esteban老師合作寫成,二位資深西班牙語老師教學經驗豐富,非常了解西班牙語學習者的學習需求和常碰到的學習困難。José老師是西班牙語母語人士,從事多年西班牙語教學工作,更數次獲得政治大學教學優良教師的殊榮;也透過多次商務旅行,深入了解西班牙與中南美洲各國的西班牙語共通點與差異處,所以完全了解學習者的需求與盲點。而Esteban老師從事中文與西班牙語相關教學工作多年,更長年投入西班牙語學習書的翻譯與編寫工作,這些經歷讓Esteban老師掌握如何激發學生學習語言的動機與熱情之方法。

學習西班牙語,絕對可以簡單又輕鬆,只要您循序按照本書設計的學習方法和步驟,就能學好基礎西班牙語:**西班牙語發音與重音 → 西班牙語基礎文法 → 西班牙語實用動詞 → 西班牙語基本句型 → 西班牙語實用單字**。

全書共分成七天,您可以依序在一週內學習完畢,也可以放慢速度仔細學習。第一天和第二天我們先學習西班牙語發音和重音,別擔

心西班牙語的捲舌音,放心跟著QR Code裡的錄音檔,隨時隨地反覆聆聽,很快您就可以開口讀出並聽懂西班牙語單字和句子。從第三天到第七天,每天都介紹四個非常基本實用的西班牙語動詞,同時學習重要的基本文法和實用單字,讓您可以透過句型替換,輕鬆說出不同的西班牙語句子,立刻開口說西班牙語。

最後,邀請您一起踏上西班牙語學習之旅:先讓**《信不信由你,一週開口說西班牙語! 新版》**打好您的西班牙語入門基礎;接著,透過**《NUEVO AMIGO 西班牙語 A1》**和**《AMIGO 西班牙語 A2》**增加您的西班牙語單字量並學習更多文法和句型;再讓**《說西班牙語,環遊世界! 新版》**協助您實現到西語國家旅行的夢想和規劃。

¡Ánimo!(加油!)

(以上四書均由瑞蘭國際出版)

Joséli　Esteban Huang

如何使用本書

Step 1
只要二天，西語字母，聽、說、讀、寫一次學會！

分類學習
將西語字母，分成母音、子音、雙母音、三母音，依序學習！

發音
用注音符號輔助發音！

發音重點
用嘴型發音說明，輕鬆開口說西語！

有什麼？
每學完一個基本音，用相關單字輔助，立刻增加單字量！

母音5

1-1 學習「母音」

Día 1

U u

發音 ㄨ（弱母音）

發音重點 ▶▶
嘴巴往內縮到最小，發出「ㄨ」的聲音。

U 有什麼？

- tú 你、妳
- uva 葡萄
- útil 有用的
- mucho 很多
- urgente 緊急的
- universidad 大學

026 信不信由你

004 信不信由你

篇名

前兩天會學習西班牙語的發音。從第三天起，每天學習四個常用的西班牙語動詞，同時搭配相關單字一起學習，讓您學習西班牙語的效果事半功倍！

第四天 輕鬆學會生活西語！

今天我們要學習第一組西班牙語常用動詞「trabajar」（工作）、「hablar」（說）、「comprar」（買）、「necesitar」（需要），搭配上「地點」、「各國語言」、「衣服」、「配件」，可以變化出很多好用的句子。

4-1 你在哪裡工作？
4-2 你說什麼語言？
4-3 你買什麼？
4-4 你需要什麼？

子音 1

MP3 02

B b

西語發音，原來這麼簡單！

發音：ㄅ

發音重點 ▶▶ 嘴巴緊閉，讓空氣從嘴唇爆出，發出「ㄅ」的聲音。

音檔序號

配合音檔學習，西語字母拼音才能更快琅琅上口！

拼拼看 ▶▶

| ba | be | bi | bo | bu |

拼拼看

將子音拼讀母音，更熟悉西語拼讀技巧！

B 有什麼？

- **ban**co 銀行
- **ba**tido 奶昔
- de**ba**jo 下面
- **be**so 吻
- **bi**ci 腳踏車
- **bo**ca 嘴巴

Step 2 每天一單元，學習有效率！

馬上開口說西語
運用替換句型，您可以立刻開口說西班牙語！

主題
配合每日主題，安排最實用的課程內容！

動詞變化
依照八類主詞，表格列舉相關動詞變化，方便查詢！

西班牙語我最行
模擬最真實的情境，開口說出道地活潑的西班牙語！

Día 5

5-2 學習「喝＋飲料」

¿Qué tomas?
你喝什麼？

 Tomar 喝

主詞	動詞變化	主詞	動詞變化
yo 我	tomo	nosotros(as) 我們	tomamos
tú 你	tomas	vosotros(as) 你們	tomáis
él / ella 他 / 她	toma	ellos / ellas 他們 / 她們	toman
usted 您	toma	ustedes 您們	toman

西班牙語我最行 ¡A hablar!

Yo tomo un vaso de agua todas las mañanas.
我每天早上喝一杯水。

Mi tío toma una taza de café con leche.
我的舅舅喝一杯咖啡加牛奶。

Mi amigo y yo tomamos una copa de vino en el restaurante.
我的朋友和我在餐廳喝一杯紅酒。

126 信不信由你

006 信不信由你

西班牙語常用動詞表

30個西班牙語常用動詞表，讓您一書在手，隨心所欲說出實用西語！

Apéndice

西班牙語常用動詞表（現在式變化）

規則變化：字尾是「ar」

Bailar 跳舞

主 詞		動詞變化	主 詞		動詞變化
yo	我	bailo	nosotros(as)	我們	bailamos
tú	你	bailas	vosotros(as)	你們	bailáis
él / ella	他 / 她	baila	ellos / ellas	他們 / 她們	bailan
usted	您	baila	ustedes	您們	bailan

Comprar 買

主 詞		動詞變化	主 詞		動詞變化
yo	我	compro	nosotros(as)	我們	compramos
tú	你	compras	vosotros(as)	你們	compráis
él / ella	他 / 她	compra	ellos / ellas	他們 / 她們	compran
usted	您	compra	ustedes	您們	compran

Escuchar 聽

主 詞		動詞變化	主 詞		動詞變化
yo	我	escucho	nosotros(as)	我們	escuchamos
tú	你	escuchas	vosotros(as)	你們	escucháis
él / ella	他 / 她	escucha	ellos / ellas	他們 / 她們	escuchan
usted	您	escucha	ustedes	您們	escuchan

Estudiar 學習

主 詞		動詞變化	主 詞		動詞變化
yo	我	estudio	nosotros(as)	我們	estudiamos
tú	你	estudias	vosotros(as)	你們	estudiáis
él / ella	他 / 她	estudia	ellos / ellas	他們 / 她們	estudian
usted	您	estudia	ustedes	您們	estudian

170 信不信由你

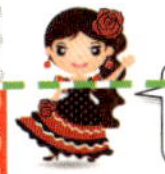

馬上開口說西語 ¡Manos a la obra!

Yo tomo un vaso de agua todas las mañanas.

我每天早上喝一杯水。

- té 茶
- zumo de naranja 柳橙汁
- leche 牛奶
- zumo de manzana 蘋果汁
- limonada 檸檬水
- cerveza 啤酒
- vino 葡萄酒
- tequila 龍舌蘭酒

小提醒→ 在西語中，「vaso」是平底杯，「taza」是馬克杯，「copa」是酒杯。當您在餐廳點餐時，記得不同的飲料要搭配不同杯子的西語喔！另外，在部分西語系國家，會使用「jugo」來表達果汁。

一起來用西語吧 ¡A practicar!

請圈出每句正確的動詞變化。

例 Mis hijos toman / tomo un vaso de jugo de naranja.
我的兒子們喝一杯柳橙汁。

Yo **tomo** / **tomas** un zumo de manzana todos los días.
我每天喝蘋果汁。

Mis tíos **toman** / **tomáis** una
我的叔叔們在派對喝一些啤酒。

Sus hijas **tomamos** / **tomar**
她的女兒們每天早上喝牛奶。

127

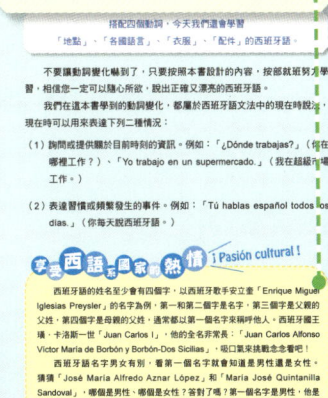

享受西語系國家的熱情

如何從姓名中瞭解您的西語系朋友？有哪些不可錯過的重要慶典？二位老師為您細數西語系國家，您必知的大小事！

第四天● 輕鬆學會生活西語！

搭配四個動詞，今天我們還會學習
「地點」、「各國語言」、「衣服」、「配件」的西班牙語。

不要讓動詞變化嚇到了，只要按照本書設計的內容，按部就班努力學習，相信您一定可以隨心所欲，說出正確又漂亮的西班牙語。

我們在這本書學到的動詞變化，都屬於西班牙語文法中的現在時說法，現在時可以用來表達下列二種情況：

（1）詢問或提供關於目前時刻的資訊。例如：「¿Dónde trabajas?」（你在哪裡工作？）、「Yo trabajo en un supermercado.」（我在超級市場工作。）

（2）表達習慣或頻繁發生的事件。例如：「Tú hablas español todos los días.」（你每天說西班牙語。）

享受西語系國家的熱情 ¡Pasión cultural!

西班牙語的姓名至少會有四個字，以西班牙歌手安立奎「Enrique Miguel Iglesias Preysler」的名字為例，第一和第二個字是名字，第三個字是父親的父姓，第四個字是母親的父姓，通常都以第一個名字來稱呼他人。西班牙國王璜．卡洛斯一世「Juan Carlos I」，他的全名非常長：「Juan Carlos Alfonso Víctor María de Borbón y Borbón-Dos Sicilias」，吸口氣來挑戰念念看吧！

西班牙語名字男女有別，看第一個名字就會知道是男性還是女性。猜猜「José María Alfredo Aznar López」和「María José Quintanilla Sandoval」，哪個是男性、哪個是女性？答對了嗎？第一個名字是男性，他是西班牙的前首相；第二個名字是女性，她是智利的一位名歌手。

一週開口說西班牙語 107

一起來用西語吧

提供簡單的小測驗讓您現學現用，加深學習效果！

作者序	002
如何使用本書	004
前言	012

第1天　西語發音，原來這麼簡單！　017

今天我們要學習西班牙語的字母和發音、西班牙語中最常使用的動詞之一「estar」（是），以及感覺和情緒的形容詞。學會這個動詞，就能跟朋友打招呼。

今日學習重點　018
1-1 母音a、e、i、o、u　022
1-2 子音b、c、ch、d、f、g、h、j、k、l、ll、m　027
1-3 子音n、ñ、p、q、r、s、t、v、w、x、y、z　039
1-4 你好嗎？　052
西班牙語加油站　054

第2天　再接再厲，學好西語發音！　057

今天我們要學習西班牙語的雙母音、三母音和重音，以及一個常用動詞「llamarse」（叫），學會這個動詞，就能認識更多新朋友。

今日學習重點　058
2-1 雙母音ia、ie、io、iu、ua、ue、uo、ui、ai、ei、oi、au、eu、oa　062
2-2 三母音iai、iei、uai、uei　076
2-3 重音　080
2-4 你叫什麼名字？　082
西班牙語加油站　084

第 3 天　開始用西語介紹自己！　　　　087

今天我們要學習「ser」（是）這個重要的西班牙語動詞，學會這個動詞，搭配「數字」、「職業」、「電子郵件」、「形容詞」，就可以輕鬆用西語介紹自己。

今日學習重點 088
3-1 你的電話號碼是幾號？ 092
3-2 你做什麼工作？ 094
3-3 你的電子郵件是什麼？ 096
3-4 他這個人如何？ 098
西班牙語加油站 100

第 4 天　輕鬆學會生活西語！　　　　105

今天我們要學習第一組西班牙語常用動詞「trabajar」（工作）、「hablar」（說）、「comprar」（買）、「necesitar」（需要），搭配上「地點」、「各國語言」、「衣服」、「配件」，可以變化出很多好用的句子。

今日學習重點 106
4-1 你在哪裡工作？ 108
4-2 你說什麼語言？ 110
4-3 你買什麼？ 112
4-4 你需要什麼？ 114
西班牙語加油站 116

第 5 天　來參加熱情的西班牙派對！　　119

今天我們要學習第二組西班牙語常用動詞「tomar」（搭乘）、「tomar」（喝）、「cantar」（唱歌）、「bailar」（跳舞），搭配上「交通工具」、「飲料」、「星期」、「拉丁音樂」，就可以在西班牙派對中，勇敢開口說西班牙語。

今日學習重點　　　　　　　　　　　　120
5-1 你搭哪種交通工具？　　　　　　　124
5-2 你喝什麼？　　　　　　　　　　　126
5-3 一起來唱歌！　　　　　　　　　　128
5-4 一起來跳舞！　　　　　　　　　　130
西班牙語加油站　　　　　　　　　　132

第 6 天　談談自己的嗜好與興趣！　　137

今天我們要學習第三組西班牙語常用動詞「ver」（看）、「leer」（讀）、「comer」（吃）、「escribir」（寫），搭配上「電影類型」、「書籍雜誌」、「食物名稱」、「寫作類型」，就能輕鬆說出自己的嗜好與興趣。

今日學習重點　　　　　　　　　　　　138
6-1 你看哪種電影？　　　　　　　　　140
6-2 你讀什麼？　　　　　　　　　　　142
6-3 你吃什麼？　　　　　　　　　　　144
6-4 你寫什麼？　　　　　　　　　　　146
西班牙語加油站　　　　　　　　　　148

第 7 天　你辦到了，西語真的很簡單！ ……… 151

今天我們要學習第四組西班牙語常用動詞「tener」（有）、「querer」（想要）、「ir」（去）、「poder」（能、可以），搭配上「家電用品」、「顏色」、「生活場所」、「日常活動」，就能說出更貼切的西班牙語。

今日學習重點 …………………………………………… 152
7-1 在你的房間有什麼？ ……………………………… 156
7-2 您想要什麼顏色？ ………………………………… 158
7-3 你去哪裡？ ………………………………………… 160
7-4 你能做什麼？ ……………………………………… 162
西班牙語加油站 ………………………………………… 164

附錄 …………………………………………………… 167

西班牙語字母表 …………………………………………… 168
西班牙語常用動詞表 ……………………………………… 170
自我練習答案 ……………………………………………… 177

如何掃描 QR Code 下載音檔

1. 以手機內建的相機或是掃描 QR Code 的 App 掃描封面的 QR Code。
2. 點選「雲端硬碟」的連結之後，進入音檔清單畫面，接著點選畫面右上角的「三個點」。
3. 點選「新增至「已加星號」專區」一欄，星星即會變成黃色或黑色，代表加入成功。
4. 開啟電腦，打開您的「雲端硬碟」網頁，點選左側欄位的「已加星號」。
5. 選擇該音檔資料夾，點滑鼠右鍵，選擇「下載」，即可將音檔存入電腦。

無所不在的西班牙語

Cucurrucucú… paloma,	咕咕嚕咕咕…鴿子啊，
Cucurrucucú… no llores,	咕咕嚕咕咕…別哭泣，
Las piedras jamás, paloma	鴿子啊，這些石頭
¡qué van a saber de amores!	不懂得愛為何物！
Cucurrucucú... cucurrucucú...	咕咕嚕咕咕…咕咕嚕咕咕…
Cucurrucucú... paloma, ya no llores.	咕咕嚕咕咕…鴿子啊，別哭泣。

在西班牙導演阿莫多瓦（Pedro Almodóvar）著名的電影：《悄悄告訴她（Hable con ella）》中，鴿子之歌（Cucurrucucú Paloma）這首淒美動人的情歌，讓許多人跟電影主角一樣濕紅了眼眶。您是不是也聽過這首歌曲，也想知道歌詞的西班牙語原意呢？

在José老師和Esteban老師的教學經驗中，許多人都是因為接觸西班牙語電影和流行歌曲、學習佛朗明哥和騷莎等舞蹈、憧憬到西班牙或中南美洲旅行，產生學習西班牙語的興趣。

不說您不知道，其實西班牙語早已經進入大家的日常生活了，像是「hola」（你好）、「casa」（家）、「bonita」（漂亮）這些西班牙語單字，就常常出現在商店招牌和廣告中呢！「老師，跟你學西班牙語最高興的事情，就是我在逛街時認出來招牌的西班牙語呢！」想跟我們的學生一樣，享受學習西班牙語的成就感嗎？只要跟著這本書的設計循序學習，保證讓您一週開口說西班牙語！

西班牙語的重要性

　　西班牙語（español）是屬於拉丁語系的語言，其他相同語系分支還有法語（francés）、義大利語（italiano）、葡萄牙語（portugués）、羅馬尼亞語（rumano），而西班牙語是全世界最多使用人口的拉丁語系語言。

　　現代國際通行的西班牙語源自西班牙卡斯蒂亞王國（Castilla），原本只是一個小國，興盛後與其他王國合併，形成西班牙王國。卡斯蒂亞王國的主要語言：卡斯蒂利亞語（castellano），演變為現在的西班牙官方語言，及西班牙語標準語音。所以西班牙語也可以叫做卡斯蒂利亞語，不過最通用的名稱還是西班牙語。西班牙還有其它三種流通的主要方言：加泰隆尼亞語（catalán）、巴斯克語（euskera）、加葉哥語（gallego），這些方言同樣享有官方語言的地位。

　　西班牙語（español）可說是世界第三大語言，全球約有三億多人的母語是西班牙語，如果把西班牙語當做第二外語的人口也計算在內，全球有超過四億多人使用西班牙語。今日，全球有二十個國家和聯合國、歐盟、非洲聯盟，把西班牙語當作官方語言，更有許多國家和地區也通行西班牙語。

　　這些會說西班牙語的國家和地區分別是：歐洲的西班牙（España），中南美洲的阿根廷（Argentina）、玻利維亞（Bolivia）、智利（Chile）、哥倫比亞（Colombia）、古巴（Cuba）、哥斯大黎加（Costa Rica）、多明尼加（República Dominicana）、厄瓜多（Ecuador）、薩爾瓦多（El Salvador）、瓜地馬拉（Guatemala）、宏都拉斯（Honduras）、墨西哥（México）、尼加拉瓜（Nicaragua）、巴拿馬（Panamá）、

巴拉圭（Paraguay）、秘魯（Perú）、烏拉圭（Uruguay）、委內瑞拉（Venezuela），非洲的赤道幾內亞（Guinea Ecuatorial）。另外，像是巴西（Brasil）、美國（Estados Unidos）、菲律賓（Filipinas）、波多黎各（Puerto Rico），這些國家和地區，也有非常多會說西班牙語的人口。最後，還有瑟法底猶太人（población sefardí），他們也說西班牙語呢！這麼多國家和地區都說西班牙語，西班牙語的重要性自然不言而喻。

除此之外，還有許多邀請您學習西班牙語的原因。

您一定聽過下列有名的西班牙語歌曲：「阿根廷別為我哭泣」（No llores por mi Argentina）、「關達那美拉」（Guantanamera）；混和西班牙語和英語的流行歌曲：瑞奇馬汀的「瘋狂人生」（Livin' la vida loca）、夏奇拉的「Waka Waka」（Waka Waka < Esto es África >）。其實拉丁音樂早已成為世界性的熱門流行音樂，像是胡立歐（Julio Iglesias）、葛洛麗雅伊斯特芬（Gloria Estefan）、路易斯馬吉爾（Luis Miguel）、安立奎（Enrique Iglesias）、璜斯（Juanes）、珍妮佛羅培茲（Jennifer López）、馬克安東尼（Marc Anthony），還有聲樂家多明哥（Plácido Domingo），都是拉丁音樂界的天王天后呢！

還有演員安東尼奧班德拉斯（Antonio Banderas）和潘妮洛普克魯茲（Penélope Cruz）、作家馬奎斯（Gabriel García Márquez）、藝術家畢卡索（Pablo Picasso）、達利（Salvador Dalí）、芙烈達（Frida Kahlo）、建築師高第（Gaudí），他們都是說西班牙語的重要人物呢！

一週開口說西班牙語

　　很多人都說西班牙語很難學，不管是發音還是文法，總之有許多原因讓人不敢學習西班牙語。千萬不要讓這些說法，讓您不敢踏入西班牙語的世界。西班牙語只有五個基本母音：「a、e、i、o、u」，這些母音不管在單字中的位置在哪，發音都固定不變，聽起來是不是很好學呢？不是西班牙語難學，只是您沒有一本好的西班牙語學習書，有了José老師和Esteban老師精心設計的這本書，相信您一定可以「一週開口說西班牙語」。

　　這本書的內容一共分成七天，您可以按照自己的需求和時間，安排自己的學習進度。在第一天和第二天，我們會學習西班牙語的發音和重音規則。從第三天到第七天，每天我們會學習四個常用的西班牙語動詞，同時搭配相關單字一起學習，讓您學習西班牙語的效果事半功倍。

　　第一天到第七天的學習內容都從「**今日學習重點**」開始，帶領您概覽當日的學習重點，並循序學習最重要的西班牙語文法。每個常用動詞都會有不同人稱變化的彙整表格，方便您學習查詢。「**西班牙語我最行**」讓您了解每個動詞的用法和句型，「**馬上開口說西語**」透過單字替換，讓您可以立刻開口說西班牙語，「**一起來用西語吧**」提供簡單的小測驗讓您現學現用。每天最後的「**西班牙語加油站**」有許多有趣的測驗習題，讓您可以了解自己的學習成效。

　　只要按部就班，學好每一天的內容，只要一週就能打好西班牙語的基礎。讓我們一起來說西班牙語吧，您一定辦得到，加油！

Día 1

"¡ Cuánto tiempo sin verte !
好久不見！"

第 1 天
西語發音，原來這麼簡單！

今天我們要學習西班牙語的字母和發音、西班牙語中最常使用的動詞之一「estar」（是），以及感覺和情緒的形容詞。學會這個動詞，就能跟朋友打招呼、問候彼此。

1-1 母音a、e、i、o、u

1-2 子音b、c、ch、d、f、g、h、j、k、l、ll、m

1-3 子音n、ñ、p、q、r、rr、s、t、v、w、x、y、z

1-4 你好嗎？

今日學習重點

今天我們要學習西班牙語的字母和發音，以及一個常用動詞：

1-1 母音a、e、i、o、u

1-2 子音b、c、ch、d、f、g、h、j、k、l、ll、m

1-3 子音n、ñ、p、q、r、rr、s、t、v、w、x、y、z

1-4 estar是、在（西班牙語中最常使用的動詞之一）

　　西班牙語的每個字母都有大寫和小寫之分，同時每個字母也都有讀音和拼音之分。例如字母「b」的大寫是「B」、小寫是「b」；讀音是「be」、拼音類似注音符號的「ㄅ」。

　　西班牙語一共有五個母音：「a、e、i、o、u」，剛好跟注音符號的「ㄚ、ㄝ、ㄧ、ㄛ、ㄨ」的發音一樣，是不是非常簡單好學呢？其中「a、e、o」是強母音、「i、u」是弱母音。在西班牙語中，母音非常重要，因為母音的發音非常簡短清楚，而且固定不變。

　　西班牙語的子音有：「b、c、d、f、g、h、j、k、l、m、n、ñ、p、q、r、s、t、v、w、x、y、z」，其中「ñ」這個字母是西班牙語特有的子音，而「w、x」這二個字母通常都用來拼寫外來語單字。每個子音和五個母音都能構成西班牙語的基本拼音，我們會在子音的二個單元中練習這些基本拼音。

　　搭配estar這個動詞，今天我們還會學習西班牙語情緒與感覺的形容詞。

　　在「今日學習重點」部分，我們每日都會介紹重要的西班牙語文法，讓您可以逐漸熟悉西班牙語文法，馬上開口說流利正確的西班牙語。

在學習發音之前，我們要必須先學習的西班牙語文法，重點有：
* 西班牙語名詞有陽性、陰性之分，通常從名詞字尾就可判斷，陽性名詞字尾通常是「o」，陰性名字尾通常是「a」。
* 西班牙語名詞有單數、複數之分，只要在名詞字尾加上「s」或「es」，就是複數名詞。

西班牙語的名詞，不管是人物、動物或物體，都有陽性、陰性之分，陽性名詞必須使用陽性定冠詞「el」、陰性名詞必須使用陰性定冠詞「la」，區分名詞的陽性、陰性規則如下：

（1）通常名詞字尾出現「a」、「ción」、「sión」、「dad」、「tad」這四種情形，代表是陰性名詞。若名詞字尾沒有上述情形，就代表是陽性名詞，而陽性名詞的字尾通常會是「o」。所以「la isl**a**」（島）的字尾是「a」、「la esta**ción**」（車站）的字尾是「ción」、「la diver**sión**」（娛樂）的字尾是「sión」、「la universi**dad**」（大學）的字尾是「dad」、「la liber**tad**」（自由）的字尾是「tad」，這些單字都是陰性名詞。而「el banco」（銀行）、「el jefe」（老闆），則是陽性名詞。

（2）人物或動物則根據本身的生理性別，來決定名詞的陽性或陰性。所以「José」（荷西，男子名）是陽性名詞、「María」（瑪麗亞，女子名）是陰性名詞。「el hombre」（男人）是陽性名詞、「la mujer」（女人）是陰性名詞。「el papá」（爸爸）是陽性名詞、「la mamá」（媽媽）是陰性名詞。「el perro」（公狗）是陽性名詞、「la perra」（母狗）是陰性名詞。

（3）日子、週一到週日、月份和年，都是陽性名詞。所以「el día」（日子）、「el martes」（星期二）、「el mes」（月）、「abril」（四月）、「el año」（年），都是陽性名詞。

（4）西班牙語的顏色都是陽性名詞。所以「el rojo」（紅色）、「el naranja」（橘色）、「el amarillo」（黃色）、「el verde」（綠色）、「el azul」（藍色），都是陽性名詞。

（5）西班牙語的字母都是陰性名詞。所以「la a」、「la b」、「la c」、「la d」、「la e」，都是陰性名詞。

（6）最後，有許多西班牙語單字不符合上述規則，例如「el mapa」（地圖）是陽性名詞、「la moto」（摩托車）是陰性名詞。碰到字尾是「e」的單字，則無法直接判斷該名詞為陽性或陰性，例如「el café」（咖啡）是陽性名詞、「la clase」（課程）是陰性名詞。因此學習西班牙語名詞的最佳方法，就是同時學習定冠詞和名詞。

　　西班牙語的名詞，有單數、複數之分。當名詞字尾是「o、a、e」，直接在字尾加上「s」就是複數名詞。名詞字尾是子音，直接在字尾加上「es」就是複數名詞。同時定冠詞「el」必須改為「los」、「la」必須改為「las」。例如「el barco」（船）的複數名詞是「**los** barco**s**」、「la cama」（床）的複數名詞則是「**las** cama**s**」。

小提醒➡ 西班牙皇家學會（Real Academia Española）在2010年制定的最新規定中，將字母「Ch」併入字母「C」、將字母「Ll」併入字母「L」，所以將「Ch、Ll」這二個字母刪去；並將字母「Y」的讀音改成「ye」。然而，為了使讀者能學習字母「Ch」和「Ll」的拼音，本書仍保留這二個字母。

西語系國家的人民天性熱情大方，打招呼時會擁抱對方，互碰臉頰，並輕輕發出一次到二次的親吻聲音。男性和女性或二個女性見面的時候，會互相擁抱和親吻。而二個男性見面的時候，只會擁抱和握手，不親吻。

「¿Cómo está?」和「¿Qué tal?」（您好嗎？）是最常見和正式的問候語，而非正式的問候方式因國家和地區而異，下面幾句都是非正式的問候用語：「¿Cómo estás?」、「¿Cómo te va?」、「¿Qué hay de nuevo?」、「¿Cómo andas?」（都是「你好嗎？」的意思）。而最常用的回答用語是：「Bien, gracias.」（很好，謝謝你。）

早上問候他人時，通常會說：「Buenos días.」（早安。），但是有些地區的人則習慣說：「Buen día.」。另外二句重要的問候語是：「Buenas tardes.」（午安。）和「Buenas noches.」（晚安。）

「Adiós.」和「Hasta luego.」（再見。）是道別時最常說的話，但是有些地區的人也會說：「Hasta lueguito.」、「Chao.」、「Hasta pronto.」。如果跟非常親密的朋友說再見，很多西語系國家的人們會說：「Cuídate.」（保重。），但是阿根廷、烏拉圭和巴拉圭等國家的人喜歡說成：「Cuidate.」（重音在da這個音節）。

Día 1

1-1 學習「母音」

母音1

A a

發音

ㄚ（強母音）

發音重點 ▶▶
嘴巴自然張開，發出「ㄚ」的聲音。

A 有什麼？

- dí**a** 日
- **a**ño 年
- **a**la 翅膀
- **a**mor 愛
- **a**llí 那邊
- **a**banico 摺扇

1-1 學習「母音」

母音2

E e

第1天 西語發音，原來這麼簡單！

發音

ㄝ（強母音）

發音重點 ▶▶
嘴巴微張往兩邊展開，舌頭抵住下排牙齒，發出「ㄝ」的聲音。

E 有什麼？

- **é**l 他
- **es**te 東方
- **e**nero 一月
- **es**trés 壓力
- **e**dificio 建築物
- **e**ducado 有教養的（陽性）

一週開口說西班牙語 023

母音3

1-1 學習「母音」

I i

一（弱母音）

發音重點 ▶▶

嘴巴平開，嘴角略為往上，像是微笑一樣，發出「一」的聲音。

I 有什麼？

- **i**ris 彩虹
- **is**la 島
- **i**gual 一樣

- **i**deal 理想的
- **i**legal 違法的
- **i**glesia 教堂

母音4

1-1 學習「母音」

O o

第1天 ● 西語發音，原來這麼簡單！

發音

ㄛ（強母音）

發音重點 ▶▶

嘴巴往內縮成圓形，發出「ㄛ」的聲音。

O 有什麼？

- **o**jos 眼睛（複數）
- **o**reja 耳朵
- **o**toño 秋天
- **o**este 西方
- **o**ficina 辦公室
- **o**céano 海洋

一週開口說西班牙語 025

Día 1

1-1 學習「母音」

母音5

發音  （弱母音）

發音重點 ▶▶
嘴巴往內縮到最小，發出「ㄨ」的聲音。

U 有什麼？

- **tú** 你、妳
- **u**va 葡萄
- **ú**til 有用的

- **mu**cho 很多
- **ur**gente 緊急的
- **u**niversidad 大學

026 信不信由你

子音1

1-2 學習「子音」

B b

第1天 ❶ 西語發音，原來這麼簡單！

發音

ㄅ

發音重點 ▶▶

嘴巴緊閉，讓空氣從嘴唇爆出，發出「ㄅ」的聲音。

拼拼看 ▶▶

| ba | be | bi | bo | bu |

B 有什麼？

- **ban**co 銀行
- **ba**tido 奶昔
- de**ba**jo 下面
- **be**so 吻
- **bi**ci 腳踏車
- **bo**ca 嘴巴

一週開口說西班牙語 027

Día 1

1-2 學習「子音」
子音2

C c

發音

ㄍ；th；ㄙ

發音重點 ▶▶

❶ 在 a、o、u 前：嘴巴自然張開，輕輕從舌頭後端發出「ㄍ」的聲音。

❷ 在 e、i 前：嘴巴自然張開，舌頭放在牙齒中間，將空氣從口中送出，發出類似英語「th」的聲音。在中南美洲與西班牙南部，則發類似「ㄙ」的聲音。

拼拼看 ▶▶

| ca | ce | ci | co | cu |

C 有什麼？

- **clínica** 診所
- **cita** 約會
- **camello** 駱駝（公）
- **ambulancia** 救護車
- **cena** 晚餐
- **compañía** 公司

028　信不信由你

1-2 學習「子音」

子音3

Ch ch

第1天 西語發音，原來這麼簡單！

發音

ㄑ

發音重點 ▶▶
嘴巴微張，發出「ㄑ」的聲音。

拼拼看 ▶▶

| cha | che | chi | cho | chu |

Ch 有什麼？

- cu**cha**ra 湯匙
- cucara**cha** 蟑螂
- **chis**te 玩笑
- **chis**me 八卦
- **chi**cle 口香糖
- **cho**colate 巧克力

一週開口說西班牙語 029

D d

Día 1 · 1-2 學習「子音」 子音4

發音

ㄉ

發音重點 ▶▶
嘴巴自然張開，發出「ㄉ」的聲音。

拼拼看 ▶▶

| da | de | di | do | du |

D 有什麼？

- **tien**da 商店
- **di**ciembre 十二月
- **di**nero 錢
- segun**do** 第二
- **di**fícil 困難的
- **dul**ce 甜的

030 信不信由你

1-2 學習「子音」

子音5

F f

發音

ㄈ

發音重點 ▶▶

嘴巴微張，讓空氣從嘴唇自然送出，發出「ㄈ」的聲音。

字母「f」的發音和英語字母「f」的發音非常相似。

第1天 西語發音，原來這麼簡單！

拼拼看 ▶▶

| fa | fe | fi | fo | fu |

F 有什麼？

- **fá**cil 容易的
- **fá**brica 工廠
- **fa**moso 有名的（陽性）

- **fe**cha 日期
- **fir**ma 簽名
- al**fom**bra 地毯

一週開口說西班牙語 031

Día 1

1-2 學習「子音」 子音6

G g

MP3 03

發音 《；ㄏ

發音重點 ▶▶

❶ 在 a、o、u 前：發類似「《」的喉音。
❷ 在 e、i 前：發類似「ㄏ」的聲音。
❸ 要記得喔，g 與 e、i 這兩個母音拼音時，必須多加一個 u，寫成 gue、gui。
❹ 若 u 有發音必要時，須寫成 ü，發「ㄨ」的聲音。

拼拼看 ▶▶

ga	ge	gi	go	gu
	gue	gui		
	güe	güi		

G 有什麼？

■ **gas** 瓦斯   ■ **go**zar 享受

■ **gen**te 人、人們   ■ **gui**tarra 吉他

■ **pá**g**i**na 頁   ■ pin**güi**no 企鵝

032 信不信由你

子音7

1-2 學習「子音」

第1天　西語發音，原來這麼簡單！

發音　不發音

發音重點 ▶▶
拼音時一律不發音。

拼拼看 ▶▶

| ha | he | hi | ho | hu |

 有什麼？

- **ha**bitación 房間
- **he**cho 製造
- **he**lado 冰淇淋
- **hie**lo 冰
- **ho**ra 小時
- a**ho**ra 現在

一週開口說西班牙語 033

Día 1

1-2 學習「子音」

子音8

J j

發音

ㄏ

發音重點 ▶▶

嘴巴微張，發出「ㄏ」的聲音。提醒您，je、ji的拼音跟ge、gi的拼音相同。

拼拼看 ▶▶

| ja | je | ji | jo | ju |

J 有什麼？

- **caja** 盒子
- **jefe** 老闆（男）
- **cajero** 收銀員（男）
- **tarjeta** 卡片
- **masaje** 按摩
- **jugoso** 多汁的（陽性）

子音9

1-2 學習「子音」

K k

發音

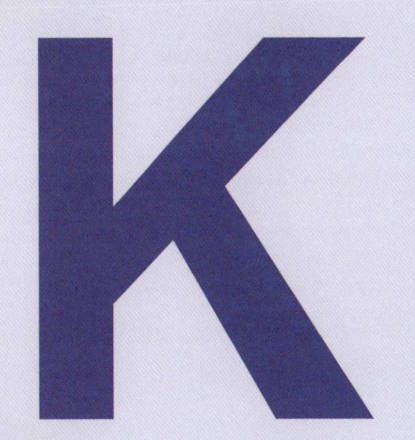

ㄍ

發音重點 ▶▶
嘴巴微張，從舌根發出「ㄍ」的聲音。

第1天 ① 西語發音，原來這麼簡單！

拼拼看 ▶▶

| ka | ke | ki | ko | ku |

K 有什麼？

- **ka**rate 空手道
- **Ke**nia 肯亞
- To**kio** 東京
- bi**ki**ni 比基尼泳裝
- **kios**co 書報攤、亭
- **ki**lómetro 公里

一週開口說西班牙語 035

Día 1

子音10

1-2 學習「子音」

MP3 05

L l

發音： ㄌ

發音重點 ▶▶
嘴巴微張，舌頭往上，發出輕聲的「ㄌ」，不捲舌。字母「l」的發音和英語字母「l」的發音非常相似。

拼拼看 ▶▶

| la | le | li | lo | lu |

L 有什麼？

- bo**la** 球
- a**le**rgia 過敏
- ca**len**dario 日曆
- **li**bertad 自由
- so**lo** 單獨的、孤獨的（陽性）
- **lu**z 光

036 信不信由你

子音11

1-2 學習「子音」

Ll ll

第1天 ● 西語發音，原來這麼簡單！

MP3 05

發音：ㄓ

發音重點 ▶▶

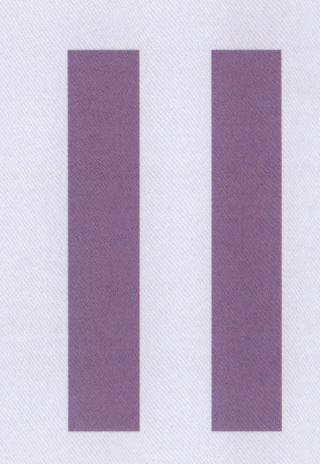

這是西班牙語獨有的發音，舌頭抵住下門牙，發出類似「ㄓ」的聲音。在西班牙南部和中南美洲大部分國家，「ll」的發音和字母「y」相同。

拼拼看 ▶▶

| lla | lle | lli | llo | llu |

Ll 有什麼？

- **lla**ve 鑰匙
- si**lla** 椅子
- ca**lle** 街道
- se**llo** 郵票
- ani**llo** 戒指
- **llo**rar 哭

一週開口說西班牙語 **037**

Día 1

子音12

1-2 學習「子音」

M m

發音

ㄇ

發音重點 ▶▶
類似「ㄇ」的聲音。
字母「m」的發音和英語字母「m」的發音非常相似。

拼拼看 ▶▶

| ma | me | mi | mo | mu |

M 有什麼？

- **me**nú 菜單
- **mu**jer 女人
- tí**mi**do 害羞的（陽性）
- **mun**do 世界
- **mo**neda 零錢、貨幣
- **mú**sica 音樂

038 信不信由你

子音13

N n

1-3 學習「子音」

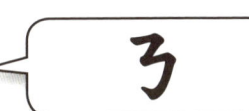

發音

ㄋ

發音重點 ▶▶
類似「ㄋ」的鼻音。
字母「n」的發音和英語字母「n」的發音非常相似。

拼拼看 ▶▶

| na | ne | ni | no | nu |

N 有什麼？

- **na**da 沒有
- car**na**val 嘉年華
- mo**ne**dero 錢包

- **ní**tido 清楚的（陽性）
- **no**vela 小說
- **nom**bre 名字

一週開口說西班牙語 039

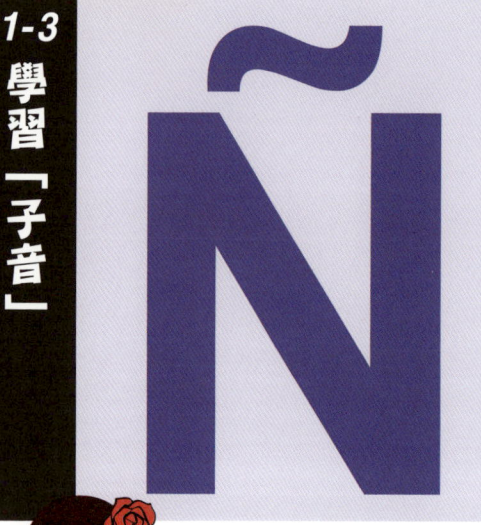

子音14

1-3 學習「子音」

Ñ ñ

MP3 06

發音：ㄋㄧ

發音重點 ▶▶
這也是西班牙語獨有的發音，比字母「n」還要重的鼻音，類似「ㄋㄧ」的連音。

拼拼看 ▶▶

| ña | ñe | ñi | ño | ñu |

Ñ 有什麼？

- ni**ñ**a 女孩
- cortaú**ñ**as 指甲刀
- compa**ñ**ero 同事、同學（男）
- ni**ñ**o 男孩
- ba**ñ**o 廁所、洗手間
- pa**ñ**uelo 手帕

1-3 學習「子音」

子音15

P p

MP3 06

第1天 ⊕ 西語發音，原來這麼簡單！

發音

ㄆ

發音重點 ▶▶

❶ 空氣從嘴唇爆出，發出「ㄆ」的聲音。

❷ 目前字母「p」的發音跟字母「b」的發音非常相近，請特別留意。

拼拼看 ▶▶

| pa | pe | pi | po | pu |

P 有什麼？

- **pan** 麵包
- ro**pa** 衣服
- **pa**pel 紙

- **pa**reja 一對
- **pe**sado 重的（陽性）
- **pu**ro 雪茄、純的（陽性）

一週開口說西班牙語 041

Día 1

1-3 學習「子音」

子音16

Q q

MP3 07

發音

「ㄍ」

發音重點 ▶▶
類似「ㄍ」的聲音，必須跟「u」一起使用。

拼拼看 ▶▶

| que | qui | | | |

Q 有什麼？

- a**qui** 這裡
- **qui**én 誰
- **qui**zás 也許
- es**qui**na 轉角
- che**que** 支票
- **que**rido 親愛的（陽性）

042 信不信由你

子音17

1-3 學習「子音」

R r

第1天 ● 西語發音，原來這麼簡單！

發音：ㄉ

發音重點 ▶▶

❶ 嘴巴微張，舌頭輕輕顫動一至二次，發出接近「ㄉ」的聲音。

❷ 提醒您，當字母「r」在單字的字首，以及在字母「s、l、n」之後時，發音會比較強。

拼拼看 ▶▶

| ra | re | ri | ro | ru |

R 有什麼？

- ba**ra**to 便宜的（陽性）
- ca**ro** 貴的（陽性）
- o**ro** 金
- **ro**sa 玫瑰
- pe**ro** 但是
- al**re**dedor 周圍、大約

一週開口說西班牙語 043

Día 1

1-3 學習「子音」

rr

MP3 07

發音

💬 ㄖ

發音重點 ▶▶

「rr」不是獨立的西班牙語字母，所以不會出現在西班牙語的字母表中。「rr」的發音比「r」來得強，不過發音方式跟「r」相同，只要多次顫動即可。別擔心，跟著老師多練習幾次就會了。要提醒您，「rr」固定出現在二個母音之間，發音時不能分開拼讀，二個「rr」必須跟之後的母音一起拼讀。

拼拼看 ▶▶

| rra | rre | rri | rro | rru |

rr 有什麼？

- ba**rr**io 區
- a**rr**oz 米飯
- pe**rr**o 狗（公）
- ja**rr**ón 花瓶
- tu**rr**ón 奶油杏仁糖（牛軋糖）
- ciga**rr**o 香菸

044 信不信由你

1-3 學習「子音」

子音18

S s

第1天 西語發音，原來這麼簡單！

發音

ㄙ

發音重點 ▶▶
類似「ㄙ」的聲音。

拼拼看 ▶▶

| sa | se | si | so | su |

S 有什麼？

- **sal** 鹽
- **sa**lud 乾杯、健康、多保重（願上帝保佑你）
- **se**co 乾的（陽性）
- cla**se** 課程
- **son**ri**sa** 微笑
- **su** 您的、他的、她的

一週開口說西班牙語 045

Día 1

1-3 學習「子音」

子音19

T t

MP3 08

發音: ㄉ

發音重點 ▶▶

❶ 嘴巴自然張開，發出「ㄉ」的聲音。

❷ 字母「t」的發音和英語字母「t」的發音非常不同。目前字母「t」的發音跟字母「d」的發音非常相近，要特別留意分辨喔！

拼拼看 ▶▶

| ta | te | ti | to | tu |

T 有什麼？

- es**t**a**t**ua 雕像
- **t**é 茶
- clien**t**e 顧客（男）
- **t**os 咳嗽
- **t**o**d**o 全部
- cor**t**o 短的（陽性）

1-3 學習「子音」

子音20

V v

發音　ㄅ

發音重點 ▶▶
拼音時聲音跟「b」一樣，發「ㄅ」的聲音。

第1天　西語發音，原來這麼簡單！

拼拼看 ▶▶

| va | ve | vi | vo | vu |

V 有什麼？

- la**va**bo 洗手檯
- **vi**da 生命、生活
- **ve**cino 鄰居（男）
- **vi**va 萬歲
- a**ve**nida 大道
- **via**je 旅行

Día 1

1-3 學習「子音」

子音21

W w

MP3 09

發音

ㄨ

發音重點 ▶▶
西班牙語中的外來字母，只用來拼寫外來字母。

拼拼看 ▶▶

| wa | we | wi | wo | wu |

W 有什麼？

- **wat** 瓦特（單位）
- **Was**hington 華盛頓
- ki**wi** 奇異果
- **whis**ky 威士忌
- **wind**surf 風帆衝浪
- **wok** 炒菜鍋

048 信不信由你

子音22

X x

1-3 學習「子音」

第1天 西語發音，原來這麼簡單！

發音：ㄍㄙ；ㄎㄙ

發音重點 ▶▶
發「ㄍㄙ」的聲音，例如：examen（測驗）；或發「ㄎㄙ」的聲音，例如 boxeo（拳擊）。

拼拼看 ▶▶

| xa | xe | xi | xo | xu |

X 有什麼？

- e**xa**men 測驗
- bo**xe**o 拳擊
- ta**xi** 計程車
- é**xi**to 成功
- se**xo** 性
- e**xó**tico 奇特的、異國情調的（陽性）

一週開口說西班牙語 049

Día 1

1-3 學習「子音」

子音23

Y y

MP3 09

發音重點 ▶▶

有時字母「y」的發音和字母「i」的發音相同，例如muy（很）、estoy（是）。

發音：一

拼拼看 ▶▶

| ya | ye | yi | yo | yu |

Y 有什麼？

- **ya** 已經
- **ya**te 遊艇
- a**yer** 昨天

- **ye**ma 蛋黃
- **yo**gur 優格
- a**yu**da 救命、幫忙

050 信不信由你

子音24

Z z

發音: th;ㄙ

發音重點 ▶▶
1. 西班牙發類似英語「th」的聲音。
2. 西班牙南部和中南美洲則發類似「ㄙ」的聲音。

拼拼看 ▶▶

| za | ze | zi | zo | zu |

Z 有什麼？

- pla**za** 廣場
- ba**zar** 百貨商店、市場（中東和南亞地區）
- **zo**na 地區
- bu**zón** 郵筒
- a**zul** 藍色
- **zu**mo 果汁

第1天 ❶ 西語發音，原來這麼簡單！

1-3 學習「子音」

一週開口說西班牙語 051

¿Cómo estás?
你好嗎？

1-4 情緒與感覺的形容詞
學習「動詞 estar +」

Estar 是

主詞		動詞變化	主詞		動詞變化
yo	我	**estoy**	nosotros(as)	我們	**estamos**
tú	你	**estás**	vosotros(as)	你們	**estáis**
él / ella	他 / 她	**está**	ellos / ellas	他們 / 她們	**están**
usted	您	**está**	ustedes	您們	**están**

西班牙語我最行 ¡A hablar!

Yo estoy muy feliz.
我很高興。

Tú estás muy ocupado.
你很忙。

Él está muy nervioso.
他很緊張。

馬上開口說西語 ¡Manos a la obra!

Yo estoy muy **feliz**.

我很高興。

- cansado (a) 累（男/女）
- preocupado (a) 擔心（男/女）
- enfermo (a) 生病（男/女）
- aburrido (a) 無聊（男/女）
- más o menos 還好
- enfadado (a) 生氣（男/女）
- resfriado (a) 感冒（男/女）
- confundido (a) 困惑（男/女）

一起來用西語吧 ¡A practicar!

請把正確的動詞變化填入橫線中。

例 Yo (estar) _____**estoy**_____ muy feliz.
我很快樂。

Carlos (estar) _____ muy cansado.
Carlos很累。

Nosotros (estar) _____ muy confundidos.
我們很困惑。

Ellos (estar) _____ muy enfadados.
他們很生氣。

西班牙語加油站 ¡Apliquemos lo aprendido!

1. 請判斷下面單字是陽性或陰性，並填入正確的空格中。

<table>
<tr><td>año</td><td>uva</td><td>helado</td><td>iglesia</td></tr>
<tr><td>música</td><td>edificio</td><td>oreja</td><td>pingüino</td></tr>
<tr><td>dinero</td><td>cuchara</td><td>vida</td><td>jefe</td></tr>
</table>

陽性單字	jefe		
陰性單字	vida		

2. 下列每題都有四個單字，請圈出詞性（陽性或陰性）與其他單字詞性不同的單字。

例	abanico	enero	(isla)	chiste
(1)	oro	oficina	boca	compañía
(2)	cucaracha	cena	clínica	beso
(3)	tienda	helado	firma	página
(4)	fábrica	hielo	kiosco	calendario
(5)	guitarra	caja	anillo	lluvia
(6)	sello	mundo	baño	novela

3. 請寫出下列名詞或形容詞的西班牙語。

例 愛 __**amor**__

錢 _____   果汁 _____

辦公室 _____   老闆 _____

腳踏車 _____   冰淇淋 _____

容易的 _____   害羞的 _____

頁 _____   椅子 _____

4. 連連看。

很累 •　　　　　　　　• enfermo

還好 •　　　　　　　　• aburrido

生病了 •　　　　　　　• más o menos

困惑 •　　　　　　　　• confundido

無聊 •　　　　　　　　• cansado

Día 2

> **Yo te invito.**
> 我請客。

第 2 天
再接再厲，學好西語發音！

今天我們要學習西班牙語的雙母音、三母音和重音，以及一個常用動詞「llamarse」（叫），學會這個動詞，就能認識更多新朋友。

2-1 雙母音ia、ie、io、iu、ua、ue、uo、ui、ai、ei、oi、au、eu、oa

2-2 三母音iai、iei、uai、uei

2-3 重音

2-4 你叫什麼名字？

今日學習重點

今天我們要學習西班牙語的雙母音、三母音和重音，以及一個常用動詞：

2-1 雙母音ia、ie、io、iu、ua、ue、uo、ui、ai、ei、oi、au、eu、oa

2-2 三母音iai、iei、uai、uei

2-3 重音

2-4 llamarse 叫

　　昨天我們學習了西班牙語的母音和子音，也練習過每個子音與母音拼讀的基本拼音。相信現在的您，已經掌握了西班牙語的發音重點。接下來，讓我們繼續加油，學習西班牙語的雙母音、三母音和重音規則吧！

　　第一天我們知道西班牙語的母音「a、e、o」是強母音，而母音「i、u」是弱母音。當二個或三個母音連在一起，也就是我們今日要學習的雙母音和三母音時，必須將這些母音連續一起發音，不能單獨分開發音。雙母音的組合有三種，分別是：「弱母音+強母音」（ia、ie、io）、「弱母音+弱母音」（iu、ui）、「強母音+弱母音」（ai、ei、oi、au、eu、ou）。三母音的只有一種：「弱母音+強母音+弱母音」（iai、iei、uai、uei）。

　　不要害怕雙母音或三母音的發音很陌生，不說您不知道，注音符號「ㄞ、ㄟ、ㄠ、ㄡ」其實就是雙母音呢！「ㄞ＝ㄚ+ㄧ」、「ㄟ＝ㄝ+ㄧ」、「ㄠ＝ㄚ+ㄨ」、「ㄡ＝ㄛ+ㄨ」，是不是很簡單呢？請放心開口跟著MP3一起大聲練習雙母音和三母音吧！

　　搭配llamarse這個動詞，今天我們還會學習西班牙語的「家庭稱謂」。

學好西班牙語的發音後，我們要繼續學習西班牙語的重音規則，讓您可以說出一口流利正確的西班牙語。同時，我們還會學習「llamarse」（叫）這個常用的西班牙語動詞。西班牙語的動詞有規則變化與不規則變化二大類動詞，我們從第四天開始會陸續學習三組西班牙語的規則變化動詞。而「llamarse」則屬於不規則變化的動詞。不必擔心，請您跟著本書的設計，就能循序學好常用的西班牙語不規則變化動詞。

　　在學習發音之前，我們必須先學習的西班牙語文法，重點有：
＊西班牙語的形容詞有陽性、陰性和單數、複數之分，陽性形容詞字尾通常是「o」，陰性形容詞字尾通常是「a」，在字尾加上「s」或「es」就是複數形容詞。
＊西班牙語的定冠詞與不定冠詞，有陽性、陰性和單數、複數之分。

　　西班牙語的形容詞有陽性、陰性和單數、複數之分，必須根據主詞的陽性、陰性和單數、複數而變化，規則如下：

（1）陽性形容詞字尾是「o」、陰性形容詞字尾是「a」，所以「pequeño」（小的）是陽性形容詞、「pequeña」（小的）是陰性形容詞。陽性名詞須搭配陽性形容詞，例如「traje pequeño」（小的西裝），陰性名詞須搭配陰性形容詞，例如「falda pequeña」（小的裙子）。

（2）當主詞或說話的人是男性時，必須用陽性形容詞，所以男性要說：「我很無聊。」時，必須說：「Yo estoy muy aburrido.」。而當主詞或說話的人是女性時，就必須用陰性形容詞，所以要說：「她很無聊。」時，必須說：「Ella está muy aburrida.」

（3）形容詞字尾是子音時，加上「a」就是陰性形容詞。

例如：「hombre español」（西班牙男人，陽性）和「mujer española」（西班牙女人，陰性）、「libro alemán」（德語書，陽性）和「camisa alemana」（德國襯衫，陰性）、「profesor madrugador」（早起的教授，陽性）和「secretaria madrugadora」（早起的秘書，陰性）、「chocolate inglés」（英國巧克力，陽性）和「bufanda inglesa」（英國圍巾，陰性）。

（4）形容詞字尾是母音，在字尾加上「s」就是複數形容詞。

例如：「perro gordo」（胖的狗，單數）在形容詞字尾「o」之後加上「s」，就是複數形式：「perros gordos」（胖的狗，複數）。形容詞字尾是子音，在字尾加上「es」就是複數形容詞。例如：「ejercicio fácil」（簡單的練習，單數）在形容詞字尾「l」之後加上「es」，就是複數形式：「ejercicios fáciles」（簡單的練習，複數）、「hombre joven」（年輕的男人，單數）在形容詞字尾「n」之後加上「es」，就是複數形式：「hombres jóvenes」（年輕的男人，複數）。形容詞字尾是子音「z」，則必須把「z」改成「ces」。所以「feliz」（快樂的）的複數形式必須改成「felices」（快樂的）。

西班牙語的定冠詞與不定冠，也有陽性、陰性和單數、複數之分，必須根據主詞的陽性、陰性和單數、複數而變化，規則如下表：

	單複數	陽　性	陰　性
定冠詞	單數	el	la
	複數	los	las
不定冠詞	單數	un	una
	複數	unos	unas

所以「**el** niño」（男孩）是陽性單數名詞、「**las** niñas」（女孩們）是陰性複數名詞。而「**un** reloj」（一隻手錶）是陽性單數名詞、「**unas** mochilas」（一些背包）是陰性複數名詞。

最後要提醒您，在西班牙語的文法中，人名、職業、身分、國籍、宗教等名詞，一律不需使用定冠詞或不定冠詞。例如：「Yo soy José.」（我是José。）、「Él es médico.」（他是醫生。）、「Élla es estudiante.」（她是學生。）、「Yo soy taiwanés.」（我是台灣人，男性。）、「Tú eres budista.」（你是佛教徒。）

Día 2

2-1 學習「雙母音」

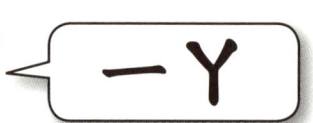

雙母音1

ia

發音 ー丫

發音重點 ▶▶
類似「ー丫」的連音。發音時由第一個母音和第二個母音一起發音，中間沒有停頓。

ia 有什麼？

- **lluvia** 雨
- **liviano** 輕的（陽性）
- **copia** 複製
- **iglesia** 教堂
- **familia** 家庭
- **gracias** 謝謝

雙母音2

2-1 學習「雙母音」

ie

發音　一ㄝ

發音重點 ▶▶
類似「一ㄝ」的連音。

ie 有什麼？

- **hie**lo 冰
- **mie**do 害怕
- **vien**to 風
- **fies**ta 派對
- a**sien**to 座位
- ca**lien**te 熱的

Día 2

2-1 學習「雙母音」

雙母音3

io

發音 一ㄛ

發音重點 ▶▶
類似「一ㄛ」的連音。

io 有什麼？

- **tibio** 溫的（陽性）
- **adiós** 再見
- **precio** 價格
- **armario** 衣櫃
- **insomnio** 失眠
- **periódico** 報紙

2-1 學習「雙母音」

雙母音4

iu

發音：ㄧㄨ

發音重點 ▶▶
類似「ㄧㄨ」的連音。

第2天 再接再厲，學好西語發音！

iu 有什麼？

- **diur**no 白天
- **miu**ra 公牛
- **viu**do 鰥夫
- **viu**da 寡婦
- **ciu**dad 城市
- **ciu**dadano 市民（男）

Día 2

2-1 學習「雙母音」

雙母音5

ua

發音重點 ▶▶
類似「ㄨㄚ」的連音。

發音：ㄨㄚ

ua 有什麼？

- **sua**ve 軟的
- **cua**dro 畫
- **gua**po 帥的（陽性）
- len**gua** 舌頭、語言
- **cuá**ndo 何時
- **cua**derno 筆記本

066 信不信由你

2-1 學習「雙母音」

雙母音6

ue

發音 ㄨㄝ

發音重點 ▶▶
類似「ㄨㄝ」的連音。

ue 有什麼？

- **hue**vo 蛋
- **fue**go 火
- **nue**vo 新的（陽性）
- **fuen**te 噴泉
- **pue**blo 小鎮
- al**muer**zo 午餐

雙母音7

2-1 學習「雙母音」

uo

發音

ㄨㄛ

發音重點 ▶▶
類似「ㄨㄛ」的連音。

uo 有什麼？

- **dúo** 二重奏
- **cuo**ta 配額
- va**cuo** 空的（陽性）
- anti**guo** 舊的（陽性）
- mons**truo** 怪物
- inge**nuo** 天真的（陽性）

雙母音8

2-1 學習「雙母音」

ui

第2天 u 再接再厲,學好西語發音!

發音

ㄨㄧ

發音重點 ▶▶
類似「ㄨㄧ」的連音,與「uy」的發音相同。

ui 有什麼?

- **hui**r 逃離
- **rui**do 噪音
- **jui**cio 判斷力
- **bui**tre 禿鷹
- in**tui**ción 直覺
- **muy** 很

一週開口說西班牙語 069

Día 2

雙母音9

2-1 學習「雙母音」

ai

發音

「ㄚㄧ」

發音重點 ▶▶
類似「ㄚㄧ」的連音，與「ay」的發音相同。

ai 有什麼？

- **ai**re 空氣
- **bai**le 舞蹈
- **gai**ta 風笛
- **bai**lar 跳舞
- **ais**lado 孤立的、隔離的（陽性）
- **hay** 有

2-1 學習「雙母音」

雙母音10

ei

發音 ㄟ一

發音重點 ▶▶
類似「ㄟ一」的連音,與「ey」的發音相同。

ei 有什麼?

- **ace**i**te** 油
- **pe**i**ne** 梳子
- **afe**i**tar** 刮鬍子
- **re**i**terar** 重申
- **ace**i**tuna** 橄欖
- **l**e**y** 法律

Día 2

雙母音11

2-1 學習「雙母音」

oi

發音 ㄛㄧ

發音重點 ▶▶
類似「ㄛㄧ」的連音,和「oy」的發音相同。

oi 有什麼?

- **oi**ga 聽、喂
- **co**ito 性交
- **boi**na 貝雷帽
- he**roi**ca 英勇的(陰性)
- ti**roi**des 甲狀腺
- **hoy** 今天

2-1 學習「雙母音」

雙母音12

au

發音：ㄚㄨ

發音重點 ▶▶ 類似「ㄚㄨ」的連音。

第2天ㄨ再接再厲，學好西語發音！

au 有什麼？

- **au**la 教室
- **au**tor 作者（男）
- c**au**sa 原因
- p**au**sa 暫停
- **au**nque 雖然
- astron**au**ta 太空人

Día 2

雙母音13

2-1 學習「雙母音」

eu

發音

ㄝㄨ

發音重點 ▶▶
類似「ㄝㄨ」的連音。

eu 有什麼？

- **eu**ro 歐元
- **deu**da 債務
- **deu**dor 債務人（男）
- **feu**dal 封建的
- **Eu**ropa 歐洲
- **eu**fórico 心情愉快的（陽性）

雙母音14

2-1 學習「雙母音」

ou

第2天⊙再接再厲,學好西語發音!

發音 ㄛㄨ

發音重點 ▶▶
類似「ㄛㄨ」的連音。

ou 有什麼?

- **bou** 拖網船
- **Bou**rel 布雷爾（姓氏）
- **coun**try 鄉村音樂
- **tour** 旅遊
- **sou**venir 紀念品
- **bou**tique 精品

一週開口說西班牙語 075

2-2 學習「三母音」

三母音1

iai

發音 ㄧㄚㄧ

發音重點 ▶▶
類似「ㄧㄚㄧ」的連音。發音時由第一個母音到第三個母音一起發音,中間沒有停頓。

iai 有什麼?

- **riais** 你們會笑
- **cambiáis** 你們改變
- **limpiáis** 你們清潔
- **estudiáis** 你們學習

2-2 學習「三母音」

三母音2

iei

發音:ㄧㄝㄧ

發音重點 ▶▶
類似「ㄧㄝㄧ」的連音。

iei 有什麼?

- *guieis 你們會指導
- cambiéis 你們會改變
- limpiéis 你們會清潔
- estudiéis 你們會學習

＊小提醒 ➜ 注意「gui」的發音,請參閱第32頁。

一週開口說西班牙語 **077**

Día 2

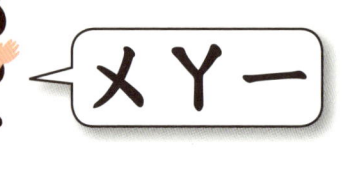

2-2 學習「三母音」
三母音3

uai

發音 ㄨㄚㄧ

發音重點 ▶▶
類似「ㄨㄚㄧ」的連音，與「uay」的發音相同。

uai 有什麼？

- ac**tuáis** 你們表演
- averi**guáis** 你們調查
- Uru**guay** 烏拉圭
- Para**guay** 巴拉圭

078 信不信由你

2-2 學習「三母音」

三母音4

uei

ㄨㄝㄧ

發音重點 ▶▶
類似「ㄨㄝㄧ」的連音，與「uey」的發音相同。

uei 有什麼？

- **actuéis** 你們會表演
- **averigüéis** 你們會調查
- **acentuéis** 你們會強調
- **buey** 閹牛

重音篇 El acento

2-3 學習「重音」

1. 有重音符號時，重音在有重音符號的音節。例如：

   - **dí**a 日子
   - **clí**nica 診所
   - **fá**cil 容易的
   - me**nú** 菜單
   - ma**má** 媽媽
   - ca**fé** 咖啡

2. 母音「a、e、i、o、u」以及子音「n、s」為字尾的單字，重音在倒數第二個音節。例如：

   - ofi**ci**na 辦公室
   - **mu**cho 很多
   - mo**ne**da 零錢、貨幣
   - **be**so 吻
   - **a**ño 年
   - pes**ta**ñas 睫毛

3. 「n、s」以外的子音為字尾時，重音在最後一個音節。例如：

   - universi**dad** 大學
   - canti**dad** 數量
   - cali**dad** 品質
   - ver**dad** 實話、真實
   - liber**tad** 自由
   - carna**val** 嘉年華

4. 遇到雙母音的單字，重音在強母音「a、e、o」。例如：

   - cu**e**llo 脖子
   - pi**e**rna 腿
   - cali**e**nte 熱的
   - di**e**nte 牙齒
   - hu**e**vo 蛋
   - cu**a**tro 四

5. 由兩個弱母音組成的單字，重音在後面的母音。例如：

- *cu**i**dar 關心
- *ci**u**dad 城市
- vi**u**da 寡婦
- b**ui**tre 禿鷹
- di**u**rno 白天的
- ru**i**do 噪音

6. 遇到字尾是「ar、er、ir」的單字時，重音在該字母。例如：

- na**dar** 游泳
- pin**tar** 畫
- co**mer** 吃
- vol**ver** 回來
- escri**bir** 寫
- dor**mir** 睡覺

*小提醒→ 經過這個單元的練習，您是否已經熟悉西語的重音規則了呢？要特別提醒您，重音規則5的「cuidar」（關心）和「ciudad」（城市）這二個單字，雖然單字中有雙母音ui和iu，但因為「cuidar」的字尾是ar（符合重音規則6）、「ciudad」的字尾是dad（符合重音規則3），所以這二個單字的重音都在最後一個音節喔！恭喜您，現在已經可以完全掌握西語的重音要點了！

2-4 學習「叫 + 家庭稱謂」

¿Cómo te llamas?
你叫什麼名字？

Llamarse 叫

主詞		動詞變化	主詞		動詞變化
yo	我	me llamo	nosotros(as)	我們	nos llamamos
tú	你	te llamas	vosotros(as)	你們	os llamáis
él / ella	他 / 她	se llama	ellos / ellas	他們 / 她們	se llaman
usted	您	se llama	ustedes	您們	se llaman

西班牙語我最行 ¡A hablar!

Mi papá se llama Juan.
我的爸爸叫做Juan。

Yo me llamo Rosa Li.
我叫做Rosa Li。

Mi sobrino se llama Luis.
我的姪子叫做Luis。

馬上開口說西語 ¡Manos a la obra!

Mi **papá** se llama **José**.

我的爸爸叫做José。

Mi **mamá** se llama **María**.

我的媽媽叫做María。

- hermano / hermana 哥哥、弟弟 / 姊姊、妹妹
- primo / prima 堂（表）兄弟 / 堂（表）姊妹
- abuelo / abuela 爺爺、外公 / 奶奶、外婆
- nieto / nieta 孫子 / 孫女
- tío / tía 叔叔、舅舅 / 阿姨、姑姑
- sobrino / sobrina 姪子 / 姪女
- hijo / hija 兒子 / 女兒

小提醒 → 西班牙語的家庭稱謂與英語相同，一樣的單字，同時代表父系和母系親屬稱謂。而且只要將單字字尾改成「o」就表示男性、字尾改成「a」就表示女性，所以「abuelo」代表爺爺或外公、「abuela」代表奶奶或外婆。

一起來用西語吧 ¡A practicar!

猜猜看！請看提示，把正確的家庭稱謂填入橫線中。

例 El hijo de mi tío　　　　**mi primo**
我叔叔的兒子

La mamá de mi mamá　　　　_____
我媽媽的媽媽

El hermano de mi papá　　　　_____
我爸爸的兄弟

La hija de mi hermano　　　　_____
我兄弟的女兒

西班牙語加油站 ¡Apliquemos lo aprendido!

1. 請完成下表的動詞變化。

	llamarse
yo	me llamo
tú	
él / ella / usted	
nosotros / nosotras	nos llamamos
vosotros / vosotras	
ellos / ellas	

2. 請根據下表的三個重音規則，判斷下列單字的重音規則，並填入正確的重音欄位中。

aunque 雖然　　　　clínica 診所　　　　intuición 直覺

bailar 跳舞　　　　cuándo 何時　　　　moneda 零錢

barco 船　　　　　　escribir 寫　　　　　**periódico** 報紙

carnaval 嘉年華　　**iglesia** 教堂　　　　universidad 大學

符號的音節	倒數第二個音節	最後一個音節
periódico	**iglesia**	**bailar**

3. 請根據這個家庭圖，回答下列問題。

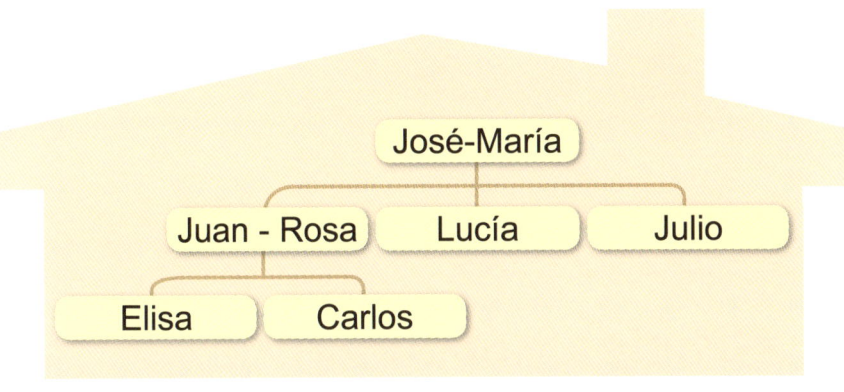

```
                    José-María
         ┌──────────────┼──────────────┐
    Juan - Rosa       Lucía          Julio
    ┌────┴────┐
  Elisa    Carlos
```

例 La hija de Rosa y Juan　　　　　**Elisa**
Rosa和Juan的女兒

El abuelo de Elisa　　　　　_____
Elisa的爺爺

El tío de Carlos　　　　　_____
Carlos的叔叔

El nieto de José y María　　　　　_____
José和María的孫子

解答 ▶▶ P.178

Día 3

> **Gracias por tu ayuda.**
> 感謝你的幫助。

第 3 天
開始用西語介紹自己！

今天我們要學習「ser」（是）這個重要的西班牙語動詞，學會這個動詞，搭配「數字」、「職業」、「電子郵件」、「形容詞」，就可以輕鬆用西語介紹自己。

3-1 你的電話號碼是幾號？
3-2 你做什麼工作？
3-3 你的電子郵件是什麼？
3-4 他這個人如何？

今日學習重點

今天我們要學習「ser」（是）這個重要的西班牙語動詞，有下列用法：

3-1 ser 是（說明電話號碼）
3-2 ser 是（說明職業）
3-3 ser 是（說明電子郵件）
3-4 ser 是（形容一個人）

動詞「ser」（是），是不規則變化動詞，搭配主詞有下列現在時變化：

主　　詞		ser
yo	我	**soy**
tú	你	**eres**
él / ella / usted	他 / 她 / 您	**es**
nosotros / nosotras	我們（男性）/ 我們（女性）	**somos**
vosotros / vosotras	你們（男性）/ 妳們（女性）	**sois**
ellos / ellas / ustedes	他們 / 她們 / 您們	**son**

「ser」可以用來表達下列情況：

（1）表達身分與職業。例如：「Yo soy Esteban.」（我是Esteban。）、「Tú eres jefa.」（妳是老闆。）

（2）表達國籍和從哪裡來。例如：「Él es taiwanés.」（他是台灣人。）、「Ella es de Taiwán.」（她從台灣來。）說明從哪裡來的時候，必須使用下列句型：【主詞+「ser」（是）+「de」（從）+地方或國家】。所以要說「他們從西班牙來。」就是「Ellos son de España.」

（3）表達日期與時間。例如「Hoy es domingo.」（今天是星期日。）、「Son las diez de la noche.」（現在是晚上十點。）

我們在第一天學到的動詞「estar」（是），也是非常重要的西班牙語動詞，很容易跟「ser」（是）這個動詞的用法和意義混淆。動詞「estar」（是），是不規則變化動詞，搭配主詞有下列現在時變化：

主 詞		estar
yo	我	**estoy**
tú	你	**estás**
él / ella / usted	他 / 她 / 您	**está**
nosotros / nosotras	我們（男性）/ 我們（女性）	**estamos**
vosotros / vosotras	你們（男性）/ 妳們（女性）	**estáis**
ellos / ellas / ustedes	他們 / 她們 / 您們	**están**

「estar」可以用來表達下列兩種情況：

（1）表達地方，就是「在」的意思。例如：「Yo estoy en México.」（我在墨西哥。）、「Ella está en la oficina.」（她在辦公室。）

（2）表達一般情況或健康情況。例如：「Tú estás muy feliz.」（你很快樂。）、「Él está enfermo.」（他生病了。）

> 搭配這個動詞的四種用法，今天我們還會學習「數字」、「職業」、「電子郵件」、「形容詞」的西班牙語。

同時我們也會學習西班牙語的疑問詞，這些疑問詞都有重音，念讀

時要特別注意：「quién」（誰）、「qué」（什麼）、「dónde」（哪裡）、「cómo」（如何）、「cuándo」（何時）、「cuánto」（多少）、「cuál」（哪個）、「por qué」（為什麼）。西班牙語的疑問句非常特別，疑問句的開始和結束，都必須同時加上問號。所以當我們要問：「你的電話號碼是幾號？」時，必須說成：「¿Cuál es tu número de teléfono?」。「¿」代表問題的開始，「?」代表問題的結束。

　　讓我們一起來學習西班牙語的疑問詞：

（1）quién（誰，單數）、quiénes（誰，複數）

　　這個疑問詞有單數、複數之分，「quién」（誰，單數）用來詢問某個人是誰、「quiénes」（誰，複數）用來詢問一群人或幾個人是誰。這個疑問詞使用時會跟著一個動詞，用來詢問某人的身分。例如：「¿Quién es él?」（他是誰？）、「¿Quiénes trabajan en el hospital?」（誰在醫院工作？）

（2）qué（什麼）

　　跟著動詞來詢問動作或事物。例如：「¿Qué tipo de música bailas?」（你跳哪一種音樂？）、「¿Qué compras?」（你買什麼？）。或是跟著名詞來詢問某人或某件事物，例如：「¿Qué lenguas hablas?」（你說什麼語言？）、「¿Qué medios de transporte tomas?」（你搭那種交通工具？）

（3）dónde（哪裡）

　　詢問地點。例如：「¿Dónde trabajas?」（你在哪裡工作？）、「¿Dónde hablas chino?」（你在哪裡說華語？）

（4）cómo（如何）

　　詢問人物或事物的狀態或特徵。例如：「¿Cómo estás?」（你好嗎？）、「¿Cómo es él?」（他這個人如何？/ 他長什麼樣？）

（5）cuándo（何時）

　　詢問事情發生的時間。例如：「¿Cuándo es la fiesta?」（派對是什麼時候舉辦？）

（6）cuánto（多少，陽性單數）、cuánta（多少，陰性單數）、cuántos（多少，陽性複數）、cuántas（多少，陰性複數）

　　跟著名詞來詢問數量，必須跟名詞的陽性、陰性和單數、複數一致。例如：「¿Cuántos libros de español tienes？」（你有多少西班牙語的書？）、「¿Cuántas canciones cantas?」（你唱幾首歌？）

（7）cuál（哪個，單數）、cuáles（哪個，複數）

　　跟著動詞或名詞詢問某件事物。例如：「¿Cuál libro tienes?」（你有哪種書？）、「¿Cuáles camisas quieres?」（你要哪幾件襯衫？）

（8）por qué（為什麼）

　　跟著動詞來詢問原因。例如：「¿Por qué vas al banco?」（你為什麼去銀行？）

Día 3

3-1 學習「是+數字」

¿Cuál es tu número de teléfono?
你的電話號碼是幾號？

Ser 是

主詞		動詞變化	主詞		動詞變化
yo	我	**soy**	nosotros(as)	我們	**somos**
tú	你	**eres**	vosotros(as)	你們	**sois**
él / ella	他 / 她	**es**	ellos / ellas	他們 / 她們	**son**
usted	您	**es**	ustedes	您們	**son**

西班牙語我最行 ¡A hablar!

Mi número de teléfono es 0982254679.
我的電話號碼是0982254679。

El número de teléfono de mi casa es 25389714.
我家的電話號碼是25389714。

El número de teléfono de mi oficina es 23518423 extensión 23.
我辦公室的電話號碼是23518423分機23。

馬上開口說西語 ¡Manos a la obra!

Mi número de teléfono es 0982254679.

我的電話號碼是0982254679。

0	cero	8	ocho	16	dieciséis	30	treinta
1	uno	9	nueve	17	diecisiete	40	cuarenta
2	dos	10	diez	18	dieciocho	50	cincuenta
3	tres	11	once	19	diecinueve	60	sesenta
4	cuatro	12	doce	20	veinte	70	setenta
5	cinco	13	trece	21	veintiuno	80	ochenta
6	seis	14	catorce	22	veintidós	90	noventa
7	siete	15	quince	23	veintitrés	100	cien

小提醒➔ 在西語系國家，有些人習慣一次念讀二個電話號碼數字，例如：「25171458」這組電號號碼，會念讀成：「veinticinco, diecisiete, catorce, cincuenta y ocho」。從31到99的數字，則需使用「y」（和）這個字來表示數字，例如：「42」這個數字，可以讀成：「cuarenta y dos」（40和2）。

一起來用西語吧 ¡A practicar!

請圈出下列阿拉伯數字的西班牙語。

2	3	5	6	9	10	11	15	20	80	100
c	e	m				d	o	s		o
i	c					n	c	o		n
e	b	l				q	h	d		c
n	d	n				u	e	v		e
h	i	j				i	n	k		s
v	e	i				n	t	e		e
m	z	n				c	a	ñ		i
q	t	r				e	s	w		s

第3天 ◑ 開始用西語介紹自己！

Día 3

3-2 學習「是＋職業」

¿A qué te dedicas?
你做什麼工作？

Ser 是

主詞		動詞變化	主詞		動詞變化
yo	我	**soy**	nosotros(as)	我們	**somos**
tú	你	**eres**	vosotros(as)	你們	**sois**
él / ella	他 / 她	**es**	ellos / ellas	他們 / 她們	**son**
usted	您	**es**	ustedes	您們	**son**

西班牙語我最行 ¡A hablar!

Yo soy ingeniero.
我是工程師。

Mi padre es abogado.
我的爸爸是律師。

Mi hermano es diseñador.
我的弟弟是設計師。

馬上開口說西語 ¡Manos a la obra!

Yo soy **ingeniero**.

我是工程師。

- médico / médica 醫生（男/女）
- jefe / jefa 老板（男/女）
- estudiante 學生
- secretario / secretaria 秘書（男/女）
- ingeniero / ingeniera 工程師（男/女）
- gerente 經理（男）
- arquitecto / arquitecta 建築師（男/女）
- ama de casa 家庭主婦

一起來用西語吧 ¡A practicar!

連連看。

家庭主婦　•　　　　　　•　gerenta

建築師　•　　　　　　•　estudiante

學生　•　　　　　　•　ama de casa

老板　•　　　　　　•　arquitecto

經理（女）•　　　　　•　diseñador

設計師　•　　　　　　•　jefe

Día 3

3-3 學習「是+電子郵件」

¿Cuál es tu correo electrónico?
你的電子郵件是什麼?

Ser 是

主詞		動詞變化	主詞		動詞變化
yo	我	**soy**	nosotros(as)	我們	**somos**
tú	你	**eres**	vosotros(as)	你們	**sois**
él / ella	他 / 她	**es**	ellos / ellas	他們 / 她們	**son**
usted	您	**es**	ustedes	您們	**son**

西班牙語我最行 ¡A hablar!

Mi correo electrónico es ch_wal@gmail.com.
我的電子郵件是ch_wal@gmail.com。

El correo electrónico de mi oficina es exito20@yahoo.com.tw.
我辦公室的電子郵件是exito20@yahoo.com.tw。

馬上開口說西語 ¡Manos a la obra!

Mi correo electrónico es **bc246@correo.com**.

我的電子郵件是 bc246@correo.com。

- @ arroba 小老鼠
- . punto 點
- – guion superior / normal 小橫槓
- _ guion inferior / bajo 底線

小提醒 如果電子郵件帳號包含人名、動物或事物的名稱、形容詞等，通常會念讀整個名稱，而不會逐一念讀每個字母。例如：「estrella07@ice.com」，就會念讀為：「estrella cero siete arroba ice punto com」。

下面是西班牙語字母的讀音，念讀電子帳號時會用到喔！

A	a	J	jota	R	erre
B	be	K	ka	S	ese
C	ce	L	ele	T	te
Ch	che	Ll	elle	U	u
D	de	M	eme	V	uve
E	e	N	ene	W	uve doble
F	efe	Ñ	eñe	X	equis
G	ge	O	o	Y	i griega (ye)
H	hache	P	pe	Z	zeta
I	i	Q	cu		

一起來用西語吧 ¡A practicar!

請寫出下列電子郵件符號的西班牙語。

@ **arroba**　　　　　．_____

_ _____　　　　－ _____

Día 3

3-4 學習「是+形容詞」

¿Cómo es él?
他這個人如何？
（他長什麼樣？）

Ser 是

主詞		動詞變化	主詞		動詞變化
yo	我	**soy**	nosotros(as)	我們	**somos**
tú	你	**eres**	vosotros(as)	你們	**sois**
él / ella	他 / 她	**es**	ellos / ellas	他們 / 她們	**son**
usted	您	**es**	ustedes	您們	**son**

西班牙語我最行 ¡A hablar!

Tú eres muy inteligente.
你很聰明。

Él es generoso.
他很慷慨。

Yo soy muy simpático.
我很友善。

098 信不信由你

馬上開口說西語 ¡Manos a la obra!

Tú eres muy **inteligente**.

你很**聰明**。

- alto(a) 高的（陽性/陰性）
- bajo(a) 矮的（陽性/陰性）
- guapo 帥的
- hermosa 漂亮的
- gordo(a) 胖的（陽性/陰性）
- delgado(a) 瘦的（陽性/陰性）
- simpático(a) 友善的（陽性/陰性）
- antipático(a) 不友善的（陽性/陰性）

一起來用西語吧 ¡A practicar!

請根據主詞將正確的形容詞變化填入橫線中。

例 Mi abuelo es muy（瘦的）__**delgado**__.
我的爺爺很瘦。

Mi tía es muy（友善的）_____.
我的阿姨很友善。

Mi hermano es muy（高的）_____.
我的弟弟很高。

Mi mamá es muy（漂亮的）_____.
我的媽媽很漂亮。

西班牙語加油站 ¡Apliquemos lo aprendido!

1. 請填入疑問詞和西班牙語單字，完成下列疑問句。

例 ¿___**Cómo**___ te llamas?
你叫什麼名字？

(1) ¿_____ es tu_____?
你姓什麼？

(2) ¿_____ es el_____ de tu casa?
你家裡的電話號碼是幾號？

(3) ¿_____ es el_____ de_____?
你辦公室的電話號碼是幾號？

(4) ¿_____ es tu_____?
你的電子郵件是什麼？

2. 請完成下列對話。

例 Carlos : ___**Buenas**___ tardes. ¿Cómo ___**estás**___?
午安，妳好嗎？

María : _____. ¿y tú?
很好。你呢？

Carlos : Muy bien, gracias. ¿_____ te llamas?
很好，謝謝。妳叫什麼名字？

María : _____ María.
我叫María。

Carlos：¿Cuál es tu _____?
   妳的電話號碼是幾號？

María：Es 986236721.
   我的電話號碼是986236721。

Carlos：¿Cuál es tu _____?
   妳的電子郵件是什麼？

María：_____ maria@hinet.net.
   我的電子郵件是maria@hinet.net。

Carlos：¿_____?
   妳做什麼工作？

María：Soy diseñadora.
   我是設計師。

Carlos：Adiós.
   再見。

María：Hasta luego.
   再見。

3. 請根據提示，把正確的西班牙語填入空白欄。

橫欄：① 為什麼　　② 什麼　　③ 何時

直欄：④ 如何　　⑤ 哪個　　⑥ 誰　　⑦ 哪裡

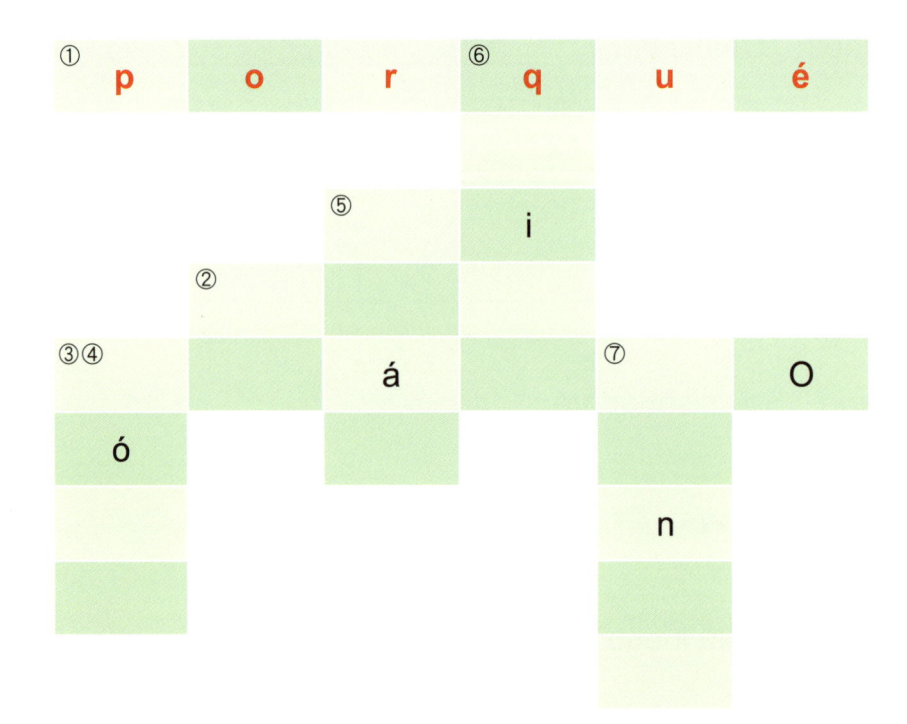

① p　o　r　q　u　é

⑥ i

⑤

②

③④　　á　　⑦　　O

ó

n

4. 請回答下列問題。

例 ¿Cuál es tu correo electrónico?
　　你的電子郵件是什麼？
　　Mi correo electrónico es_____iris@isla.com_____.

¿Cuál es tu número de teléfono?
你的電話號碼是幾號？
Mi número de teléfono es_____.

¿A qué te dedicas?
你做什麼工作？
Yo soy _____.

¿Cuál es el apellido de la profesora?
教授姓什麼？
El apellido de la profesora es_____.

¿Cómo es el abogado?
律師這個人如何？
El abogado es_____.

¿A qué se dedica tu hermana?
你的姊姊做什麼工作？
Ella es_____.

¿Cuál es el correo electrónico de tu oficina?
你的辦公室電子郵件是什麼？
El correo electrónico es_____.

解答 ▶▶ P.179

ID# Día 4

"¡ Me parece genial !
我覺得好極了!"

第4天
輕鬆學會生活西語！

今天我們要學習第一組西班牙語常用動詞「trabajar」（工作）、「hablar」（說）、「comprar」（買）、「necesitar」（需要），搭配上「地點」、「各國語言」、「衣服」、「配件」，可以變化出很多好用的句子。

4-1 你在哪裡工作？
4-2 你說什麼語言？
4-3 你買什麼？
4-4 你需要什麼？

Día 4

今日學習重點

今天我們要學習以下四個西班牙語動詞：

4-1 trabajar 工作

4-2 hablar 說

4-3 comprar 買

4-4 necesitar 需要

注意到了嗎？這四個動詞的字尾都剛好是「ar」呢！

從今天開始，我們會循序學習西班牙語動詞的現在時變化，當動詞的字尾是「ar」時，動詞必須搭配主詞而有下列的規則變化：

主　　詞		動詞字尾是ar
yo	我	-o
tú	你	-as
él / ella / usted	他 / 她 / 您	-a
nosotros / nosotras	我們（男性）/ 我們（女性）	-amos
vosotros / vosotras	你們（男性）/ 妳們（女性）	-áis
ellos / ellas / ustedes	他們 / 她們 / 您們	-an

所以要說：「我工作。」，不能按照字面意思直接說成：「Yo trabajar.」必須將動詞「trabajar」（工作）字尾的「ar」，按照主詞「yo」（我）改成「o」，所以這句話正確的說法是：「Yo trabajo.」

因為西班牙語動詞會有不同人稱的變化，所以西班牙語常會省略主詞，只說動詞。例如：「我買一件襯衫。」襯衫的西班牙語是「camisa」，買的西班牙語是「comprar」，所以就可以省略主詞「yo」，直接說成：「Compro una camisa.」

> 搭配四個動詞，今天我們還會學習
> 「地點」、「各國語言」、「衣服」、「配件」的西班牙語。

　　不要被動詞變化嚇到了，只要按照本書設計的內容，按部就班努力學習，相信您一定可以隨心所欲，說出正確又漂亮的西班牙語。

　　我們在這本書學到的動詞變化，都屬於西班牙語文法中的現在時說法，現在時可以用來表達下列二種情況：

（1）詢問或提供關於目前時刻的資訊。例如：「¿Dónde trabajas?」（你在哪裡工作？）、「Yo trabajo en un supermercado.」（我在超級市場工作。）

（2）表達習慣或頻繁發生的事件。例如：「Tú hablas español todos los días.」（你每天說西班牙語。）

享受西語系國家的熱情 ¡Pasión cultural!

　　西班牙語的姓名至少會有四個字，以西班牙歌手安立奎「Enrique Miguel Iglesias Preysler」的名字為例，第一和第二個字是名字，第三個字是父親的父姓，第四個字是母親的父姓，通常都以第一個名字來稱呼他人。西班牙的某任國王璜‧卡洛斯一世「Juan Carlos I」，他的全名非常長：「Juan Carlos Alfonso Víctor María de Borbón y Borbón-Dos Sicilias」，吸口氣來挑戰念念看吧！

　　西班牙語名字男女有別，看第一個名字就會知道是男性還是女性。猜猜「José María Alfredo Aznar López」和「María José Quintanilla Sandoval」，哪個是男性、哪個是女性？答對了嗎？第一個名字是男性，他是西班牙的前首相；第二個名字是女性，她是智利的一位名歌手。

4-1 學習「工作+地點」

¿Dónde trabajas?
你在哪裡工作？

Trabajar 工作

主詞		動詞變化	主詞		動詞變化
yo	我	trabaj**o**	nosotros(as)	我們	trabaj**amos**
tú	你	trabaj**as**	vosotros(as)	你們	trabaj**áis**
él / ella	他 / 她	trabaj**a**	ellos / ellas	他們 / 她們	trabaj**an**
usted	您	trabaj**a**	ustedes	您們	trabaj**an**

西班牙語我最行 ¡A hablar!

Yo trabajo en un supermercado.
我在超級市場工作。

Tú trabajas en una oficina todos los días.
你每天在辦公室工作。

La enfermera trabaja en un hospital todos los días.
護士每天在醫院工作。

108 信不信由你

馬上開口說西語 ¡Manos a la obra!

Yo trabajo en **un supermercado**.
我在超級市場工作。

- una escuela 學校
- un banco 銀行
- una librería 書店
- mi casa 我的家
- un restaurante 餐廳
- una empresa 公司
- un hotel 飯店
- el gobierno 政府

一起來用西語吧 ¡A practicar!

請把正確的動詞變化填入橫線中。

例 Yo (trabajar) ___**trabajo**___ en mi casa todos los días.
我每天在家工作。

El médico (trabajar) _____ en un hospital.
醫生在醫院工作。

Los profesores (trabajar) _____ en la escuela.
教授們在學校工作。

Nosotros (trabajar) _____ todos los días.
我們每天工作。

Día 4

4-2 學習「說+各國語言」

¿Qué lenguas hablas?
你說什麼語言？

Hablar 說

主詞		動詞變化	主詞		動詞變化
yo	我	hablo	nosotros(as)	我們	hablamos
tú	你	hablas	vosotros(as)	你們	habláis
él / ella	他 / 她	habla	ellos / ellas	他們 / 她們	hablan
usted	您	habla	ustedes	您們	hablan

西班牙語我最行 ¡A hablar!

Yo hablo español con el profesor.
我跟教授說西班牙語。

Tú hablas italiano en la universidad.
你在大學說義大利語。

El abogado habla inglés muy bien.
律師說流利的英語。

馬上開口說西語 ¡Manos a la obra!

Tú hablas **<u>italiano</u>** en la universidad.
你在大學說<u>義大利語</u>。

- chino 華語
- inglés 英語
- portugués 葡萄牙語
- ruso 俄語
- japonés 日語
- coreano 韓語
- francés 法語
- alemán 德語

一起來用西語吧 ¡A practicar!

請將下列單字排列成正確的句子。

例 habla / la profesora / con / francés / los estudiantes
教授跟學生們說法語。

   La profesora habla francés con los estudiantes.

en / yo / hablo / español / el hotel
我在飯店說西班牙語。

_____

bien / ellos / italiano / hablan / muy
他們說流利的義大利語。

_____

alemán / nosotros / no hablamos
我們不會說德語。

_____

4-3 學習「買+衣服」

¿Qué compras?
你買什麼?

Comprar 買

主詞		動詞變化	主詞		動詞變化
yo	我	compr**o**	nosotros(as)	我們	compr**amos**
tú	你	compr**as**	vosotros(as)	你們	compr**áis**
él / ella	他 / 她	compr**a**	ellos / ellas	他們 / 她們	compr**an**
usted	您	compr**a**	ustedes	您們	compr**an**

西班牙語我最行 ¡A hablar!

Yo compro una camisa en la tienda.
我在商店買一件襯衫。

Tú compras un libro en la librería.
你在書店買一本書。

El arquitecto compra el periódico todos los días.
建築師每天買報紙。

馬上開口說西語 ¡Manos a la obra!

Yo compro **una camisa** en la tienda.

我在商店買一件襯衫。

- unos pantalones 褲子
- una falda 裙子
- un vestido 洋裝
- un abrigo 大衣
- un traje 西裝
- unos vaqueros 牛仔褲
- una camiseta T恤
- una chaqueta 夾克

一起來用西語吧 ¡A practicar!

請圈出正確的動詞變化。

例 El médico (**compra**) / **compro** un abrigo.
醫生買一件大衣。

Yo **compran** / **compro** un periódico en la librería.
我在書局買一份報紙。

Nosotros **compran** / **compramos** unas camisetas.
我們買一些T恤。

Tú **compras** / **compran** un traje en la tienda.
你在商店買一套西裝。

¿Qué necesitas?
你需要什麼？

Día 4 — 4-4 學習「需要+配件」

Necesitar 需要

主詞		動詞變化	主詞		動詞變化
yo	我	necesit**o**	nosotros(as)	我們	necesit**amos**
tú	你	necesit**as**	vosotros(as)	你們	necesit**áis**
él / ella	他 / 她	necesit**a**	ellos / ellas	他們 / 她們	necesit**an**
usted	您	necesit**a**	ustedes	您們	necesit**an**

西班牙語我最行 ¡A hablar!

Yo necesito un reloj.
我需要一支手錶。

Tú necesitas unas gafas de sol.
你需要一副太陽眼鏡。

El vendedor necesita una corbata nueva.
售貨員需要一條新領帶。

馬上開口說西語 ¡Manos a la obra!

Yo necesito **un reloj**.

我需要一支手錶。

- una bufanda 圍巾
- unos zapatos 鞋子
- una corbata 領帶
- un traje de baño 泳衣
- un collar 項鍊
- unas gafas de sol 太陽眼鏡
- un sombrero 帽子
- una mochila 背包

小提醒➜ 泳衣也可以說成「bañador」。

一起來用西語吧 ¡A practicar!

動詞變化連連看。

necesito •　　　　　• Nosotros_____una casa grande.
　　　　　　　　　　　我們需要一間大的房子。

necesitamos •　　　• Tú_____un traje nuevo.
　　　　　　　　　　　你需要一件新的西裝。

necesita •　　　　　• Él_____un profesor de inglés.
　　　　　　　　　　　他需要一位英語教授。

necesitas •　　　　　• Yo_____una bufanda.
　　　　　　　　　　　我需要一條圍巾。

西班牙語加油站 ¡Apliquemos lo aprendido!

1. 請完成下表的動詞變化。

	trabajar	hablar	comprar	necesitar
yo	trabajo		compro	
tú		hablas		necesitas
él / ella / usted			compra	
nosotros / nosotras	trabajamos			
vosotros / vosotras		habláis		
ellos / ellas				necesitan

2. 請用下列提示寫出正確的動詞變化和完整的句子。

例 Yo / trabajar / en la empresa　我在公司上班。

　　　Yo trabajo en la empresa.

Tú / hablar / español / con / el profesor　你跟教授說西班牙語。

＿＿＿＿＿＿＿＿＿＿＿＿＿＿＿＿＿＿＿＿＿＿＿＿＿＿＿

El estudiante / comprar / una hamburguesa / en el restaurante　學生在餐廳買一個漢堡。

＿＿＿＿＿＿＿＿＿＿＿＿＿＿＿＿＿＿＿＿＿＿＿＿＿＿＿

Nosotros / necesitar / un reloj　我們需要一個時鐘。

＿＿＿＿＿＿＿＿＿＿＿＿＿＿＿＿＿＿＿＿＿＿＿＿＿＿＿

Ustedes / trabajar / en el hotel / todos los días
您們每天在飯店工作。

_____

Ellos / hablar / español / en la escuela 他們在學校說西班牙語。

_____

3. 請回答下列問題。

例 ¿Dónde trabajas? 你在哪裡工作？

Yo trabajo en_____**una oficina**_____.

¿Qué lenguas hablas? 你說什麼語言？

Yo hablo_____.

¿Dónde compras una hamburguesa? 你在哪裡買一個漢堡？

Yo compro una hamburguesa en_____.

¿Qué necesitas? 你需要什麼？

Yo necesito_____.

¿Cuándo trabajas en la oficina? 你何時在辦公室工作？

Yo trabajo en la oficina_____.

¿Quién habla inglés? 誰說英語？

_____inglés.

解答 ▶▶ P.181

Día 5

"¡ Te extraño !
我想念你！"

第5天
來參加熱情的西班牙派對！

今天我們要學習第二組西班牙語常用動詞「tomar」（搭乘）、「tomar」（喝）、「cantar」（唱歌）、「bailar」（跳舞），搭配上「交通工具」、「飲料」、「星期」、「拉丁音樂」，就可以在西班牙派對中，勇敢開口說西班牙語。

5-1 你搭哪種交通工具？
5-2 你喝什麼？
5-3 一起來唱歌！
5-4 一起來跳舞！

今日學習重點

今天我們要學習以下三個西班牙語動詞：

5-1　tomar　搭乘
5-2　tomar　喝
5-3　cantar　唱歌
5-4　bailar　跳舞

　　這三個動詞的現在時變化與昨日學習到的規則相同，只要按照主詞，將字尾的「ar」改成現在時的字尾變化即可。所以「我跳舞。」，就是「Yo bail**o**.」，而「你唱歌。」就是「Tú cant**as**.」。

　　「tomar」這個動詞非常重要，一共有三種用法：（1）搭乘，例如：「Yo tom**o** el metro.」（我搭地鐵。）、（2）喝，例如：「Yo tom**o** un vaso de agua.」（我喝一杯水。）、（3）拿，例如：「Yo tom**o** el libro.」（我拿書。），我們在今天會仔細學習第一和第二種用法。第三種用法非常簡單易懂，「Yo tom**o** un traje.」就是「我拿一套西裝。」，「Ella to**ma** una falda.」就是「她拿一條裙子。」，您可以馬上學馬上用。

　　在西班牙您會聽到西班牙人說：「Coger el bus.」，跟我們今天會學習到的「Tomar el bus.」這句話一樣，都是「搭公車。」的意思。但是一定要提醒您，「coger」這個字在中南美洲是非常難聽的髒話，所以當您到中南美洲要搭乘交通工具時，記得一定要用「tomar」這個動詞，才不會鬧出笑話喔！

搭配三個動詞，今天我們還會學習「交通工具」、「飲料」、「星期」、「拉丁音樂」的西班牙語。

文法部分，今天我們要學習西班牙語的所有格和四個常用的介系詞：「a」（到）、「en」（在）、「de」（的）、「con」（和）。西班牙語的所有格，必須與名詞的陽性、陰性與單數、複數的形式一致。所以「我的家」就是「**mi** casa」，「你們的手錶」就是「**vuestros** relojes」。詳細的所有格變化規則如下表：

所有格	單數		複數	
	陽性	陰性	陽性	陰性
我的	mi		mis	
你的	tu		tus	
他的 / 她的 / 您的	su		sus	
我們的	nuestro	nuestra	nuestros	nuestras
你們的	vuestro	vuestra	vuestros	vuestras
他們的 / 她們的 / 您們的	su		sus	

所有格的使用規則如下：

（1）所有格一律放在名詞前面，用來表示所有權或財產。
　　　例如：「**mi** corbata」（我的領帶）、「**tu** coche」（你的車）、「**nuestras** oficinas」（我們的辦公室）。

（2）所有格必須跟主詞的陽性、陰性與單數、複數一致。
　　　例如，當您想說：「我的書」，因為「libro」（書）是陽性單數的名詞，必須使用「mi」（我的）這個所有格，所以這句話可以說成：「**mi** libro」。而當您想說：「我的好幾本書」時，因為「libros」（書）是陽性複數的名詞，必須使用「mis」（我的）這個所有格，所以這句話可以說成：「**mis** libro**s**」。

請從下面的例子，看看您是否了解所有格的用法了：「**nuestra** camisa」（我們的襯衫，陰性單數）、「**nuestras** camisa**s**」（我們的襯衫，陰性複數）、「**vuestro** perro」（你們的狗，陽性單數）、「**vuestros** perro**s**」（你們的狗，陽性複數）。

最後，讓我們來學習以下四個常用的西班牙語介系詞：

（1）**a**（到）：「a」有許多意思，今天我們要學習「到」的意思和用法，表示某個動作的目的地。

例如：「Yo voy **a** la piscina.」（我去游泳池。）、「Ella va **a** España.」（她去西班牙。）

（2）**en**（在）：表示地方。

例如：「Yo compro **en** la tienda.」（我在商店買東西。）、「Ella baila **en** la discoteca.」（她在迪斯可跳舞。）

「en」也可以放在月份、季節、年之前，表示某事件發生的時刻。

例如：「Él va a México **en** mayo.」（他在五月去墨西哥。）、「Yo compro un abrigo nuevo **en** invierno.」（我在冬天買一件新外套。）

（3）**de**（的/從）：表示來源、材料屬性或所有權。

例如：「bici **de** Taiwán」（從台灣來的腳踏車）、「anillo **de** oro」（金戒指）、「corbata **de** mi papá」（我爸爸的領帶）、「Yo soy **de** Taipei.」（我來自台北。）、「Este es el libro **de** mi amigo.」（這本是我朋友的書。）

（4）**con**（和）：表示「和」或「跟」的意思。

例如：「Mi prima toma el metro **con** sus amigas.」（我的表妹跟她的朋友搭捷運。）、「Yo bailo **con** mi mamá.」（我跟我媽媽跳舞。）

享受西語系國家的熱情 ¡Pasión cultural!

　　西語系國家有許多獨特有趣的節慶，像是西班牙Buñol小鎮的「La Tomatina」（番茄節）、墨西哥的「Día de los Muertos」（死亡節）等等，都值得您有機會親臨現場，體會各種熱鬧刺激的活動。

　　今天，讓我們來認識西班牙北部Pamplona（潘普洛納市），最著名的節慶：「Las fiestas de Sanfermin」（奔牛節）。奔牛節是為了紀念當地的守護神：「San Fermín」（聖費明），每年固定在七月六日到七月十四日舉辦為期一週的宗教活動。這項活動最早可追溯至西元一五九一年。

　　每年的七月六日正午十二點，奔牛節由當地市政府廣場點燃盛大的「chupinazo」（沖天炮）宣告正式開始。此時，當地居民及各國蜂擁而來的觀光客，將市政府廣場擠得水洩不通，眾人一起高聲喊著：「¡Viva San Fermín！」一場熱鬧刺激的活動即將展開。

　　節慶期間每天早上八點，都會舉行最著名的「el encierro」（奔牛活動）。由公牛和數以千計的群眾，從牛欄沿著總長約九百公尺的街道，一路奔向鬥牛場。其他民眾會站在街道兩旁的窗戶或陽台，觀賞這場熱血奔騰的活動。即便每年都有人會被公牛頂傷甚至死亡，依舊吸引許多喜愛挑戰的人們來這裡參加活動。下午在鬥牛場則有「las corridas」（鬥牛）活動，由上午出場奔牛的牛隻上場演出。

　　節慶進行到七月十四日，人們會聚集在一起高唱歌曲：「Pobre de mí」（可憐的我），象徵一年一度的奔牛節正式結束。歌詞寫著：「Pobre de mí, pobre de mí, que se han acabado las fiestas de San Fermín.」（可憐的我，可憐的我，因為聖費明慶典已經結束。）您說，是不是非常有趣呢？

Día 5

5-1 學習「搭乘＋交通工具」

¿Qué medios de transporte tomas?
你搭哪種交通工具？

Tomar 搭乘

主詞		動詞變化	主詞		動詞變化
yo	我	tom**o**	nosotros(as)	我們	tom**amos**
tú	你	tom**as**	vosotros(as)	你們	tom**áis**
él / ella	他 / 她	tom**a**	ellos / ellas	他們 / 她們	tom**an**
usted	您	tom**a**	ustedes	您們	tom**an**

西班牙語我最行 ¡A hablar!

Nosotros tomamos el avión mañana.
我們明天搭飛機。

Yo tomo el metro en la estación Beitou.
我在北投站搭捷運。

Mi prima toma el teleférico con sus amigas.
我的堂妹跟她的朋友們搭纜車。

馬上開口說西語 ¡Manos a la obra!

Nosotros tomamos **el avión** mañana.

我們明天搭飛機。

- el coche 汽車
- el bus 巴士
- el tranvía 電車
- el taxi 計程車
- el metro 捷運、地鐵
- el barco 船
- el teleférico 纜車

一起來用西語吧 ¡A practicar!

請將下列單字排列成正確的句子。

例 el avión / mi jefe / mañana / toma
我的老闆明天搭飛機。

　　　Mi jefe toma el avión mañana.

en el puerto / el ferri / tomamos / mis sobrinos y yo
我的姪子和我在港口搭渡輪。

_____

mis hermanos / el teleférico / toman / todos los días
我的兄弟們每天搭纜車。

_____

tomo / el bus / con / yo / mis amigos / todos los días
我和我的朋友每天搭公車。

_____

5-2 學習「喝+飲料」

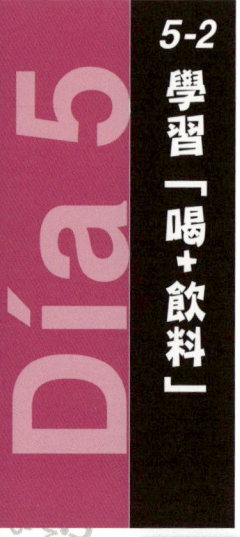

¿Qué tomas?
你喝什麼？

Tomar 喝

主詞		動詞變化	主詞		動詞變化
yo	我	tom**o**	nosotros(as)	我們	tom**amos**
tú	你	tom**as**	vosotros(as)	你們	tom**áis**
él / ella	他 / 她	tom**a**	ellos / ellas	他們 / 她們	tom**an**
usted	您	tom**a**	ustedes	您們	tom**an**

西班牙語我最行 ¡A hablar!

Yo tomo un vaso de agua todas las mañanas.
我每天早上喝一杯水。

Mi tío toma una taza de café con leche.
我的舅舅喝一杯咖啡加牛奶。

Mi amigo y yo tomamos una copa de vino en el restaurante.
我的朋友和我在餐廳喝一杯紅酒。

馬上開口說西語 ¡Manos a la obra!

Yo tomo un vaso de **agua** todas las mañanas.

我每天早上喝一杯水。

- té 茶
- leche 牛奶
- limonada 檸檬水
- vino 葡萄酒
- zumo de naranja 柳橙汁
- zumo de manzana 蘋果汁
- cerveza 啤酒
- tequila 龍舌蘭酒

小提醒 在西語中,「vaso」是平底杯,「taza」是馬克杯,「copa」是酒杯。當您在餐廳點餐時,記得不同的飲料要搭配不同杯子的西語喔!另外,在部分西語系國家,會使用「jugo」來表達果汁。

一起來用西語吧 ¡A practicar!

請圈出每句正確的動詞變化。

例 Mis hijos **(toman)** / **tomo** un vaso de jugo de naranja.
我的兒子們喝一杯柳橙汁。

Yo **tomo** / **tomas** un zumo de manzana todos los días.
我每天喝蘋果汁。

Mis tíos **toman** / **tomáis** unas cervezas en la fiesta.
我的叔叔們在派對喝一些啤酒。

Sus hijas **tomamos** / **toman** leche todas las mañanas.
她的女兒們每天早上喝牛奶。

5-3 學習「唱+星期」

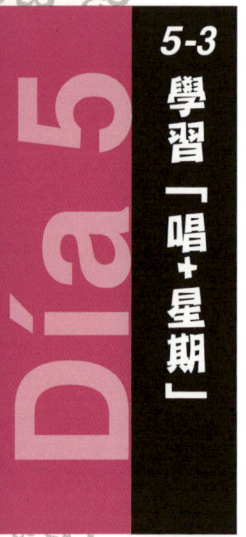

¡A cantar!
一起來唱歌！

Cantar 唱歌

主詞		動詞變化	主詞		動詞變化
yo	我	cant**o**	nosotros(as)	我們	cant**amos**
tú	你	cant**as**	vosotros(as)	你們	cant**áis**
él / ella	他 / 她	cant**a**	ellos / ellas	他們 / 她們	cant**an**
usted	您	cant**a**	ustedes	您們	cant**an**

西班牙語我最行　¡A hablar!

Nuestro amigo canta este lunes en el Teatro Nacional.
我們的朋友這個星期一在國家劇院演唱。

Mi compañero de oficina canta una canción en español.
我的同事唱一首西班牙語歌。

Mis amigas y yo cantamos la canción "La Bamba".
我的朋友們和我唱「La Bamba」這首歌。

馬上開口說西語 ¡Manos a la obra!

Nuestro amigo canta este **lunes** en el Teatro Nacional.
我們的朋友這個**星期一**在國家劇院演唱。

- martes 星期二
- miércoles 星期三
- jueves 星期四
- viernes 星期五
- sábado 星期六
- domingo 星期日

小提醒 ➔ 如果在「sábado」和「domingo」的字尾加上「s」，變成「sábados」和「domingos」，就是星期六和星期日的複數寫法。星期一到星期五的複數寫法則不需要加「s」。

一起來用西語吧 ¡A practicar!

請圈出每個問句正確的回答。

例 ¿Cuándo cantas? 你何時唱歌？

a. canto el lunes （圈選）　　b. canta el martes

¿Dónde cantamos? 我們在哪裡唱歌？

a. cantan en mi casa　　b. cantamos en el parque

¿Cuál canción canta tu primo? 你的堂弟唱哪一首歌？

a. canta "La Bamba"　　b. cantas "Guatanamera"

¿Cómo canta Shakira? Shakira唱得如何？

a. cantan muy mal　　b. canta muy bien.

一週開口說西班牙語 **129**

5-4 學習「跳舞＋拉丁音樂」

¡A bailar！
一起來跳舞！

Bailar 跳舞

主詞		動詞變化	主詞		動詞變化
yo	我	bail**o**	nosotros(as)	我們	bail**amos**
tú	你	bail**as**	vosotros(as)	你們	bail**áis**
él / ella	他 / 她	bail**a**	ellos / ellas	他們 / 她們	bail**an**
usted	您	bail**a**	ustedes	您們	bail**an**

西班牙語我最行 ¡A hablar！

Nosotros bailamos salsa todos los viernes.
我們每個星期五跳騷莎。

Ella baila en la discoteca.
她在迪斯可跳舞。

Mi amiga no baila con mi compañero de oficina.
我的朋友不跟我的同事跳舞。

馬上開口說西語 ¡Manos a la obra!

Nosotros bailamos **salsa** todos los viernes.

我們每個星期五跳騷莎。

- flamenco 佛朗明哥
- cha cha chá 恰恰
- mambo 曼波
- tango 探戈
- música latina 拉丁音樂
- samba 森巴
- merengue 梅倫格
- reguetón 雷鬼凍

一起來用西語吧 ¡A practicar!

請把正確的動詞變化填入橫線中。

例 Lo siento. Yo no (bailar) ____**bailo**____ tango.
不好意思。我不跳探戈。

Ella (bailar) _____ muy bien.
她跳舞跳得很好。

Mis sobrinas (bailar) _____ el próximo miércoles.
我的姪女們下星期三跳舞。

Mi tío (bailar) _____ con mi profesora de francés.
我的叔叔跟我的法語教授跳舞。

第5天 來參加熱情的西班牙派對！

西班牙語加油站 ¡Apliquemos lo aprendido!

1. 請完成下表的動詞變化。

	tomar	cantar	bailar
yo		canto	
tú	tomas		bailas
él / ella / usted	toma		
nosotros / nosotras		cantamos	
vosotros / vosotras			bailáis
ellos / ellas	toman		

2. 請用下列提示，寫出正確的動詞變化和完整的句子。

例 Yo / tomar / un zumo de naranja　我喝柳橙汁。

　　Yo tomo un zumo de naranja.

Tú / cantar canciones / en el KTV　你在KTV唱歌。

_____

Mi profesor / tomar / el tren / todos los días　我的教授每天搭火車。

_____

Ella / bailar / música latina / en nuestra fiesta
她在我們的派對跳拉丁音樂。

_____

Yo / bailar / con mi prima / en la disco 我在迪斯可跟我的表妹跳舞。
_____

Él / tomar / zumo de naranja / en las mañanas
他在早上喝柳橙汁。
_____

Nosotros / cantar / la canción "Guantanamera" / este lunes
我們這個星期一唱「Guantanamera」這首歌。
_____

3. 請回答下列問題。

例 ¿Qué medio de transporte tomas todos los días?
你每天搭哪種交通工具？

Yo tomo __el metro__ todos los días.

¿Qué tomas todas las mañanas?
你每天早上喝什麼？

Yo tomo _____ todas las mañanas.

¿Dónde cantas?
你在哪裡唱歌？

Yo canto en _____.

Día 5

¿Con quién bailas?
你跟誰跳舞？

Yo bailo con _____.

¿Qué tipo de música bailas?
你會跳哪一種音樂？

Yo bailo _____.

¿Con quién tomas cervezas?
你跟誰喝啤酒？

Yo tomo cervezas con _____.

¿Cuántos vasos de agua tomas todos los días?
你每天喝幾杯水？

Yo tomo _____vasos de agua.

4. 請圈出正確的西班牙語單字。

纜車	a.ferri	b.metro	c.teleférico
星期三	a.lunes	b.miércoles	c.jueves
葡萄酒	a.vino	b.cerveza	c.tequila
劇院	a.disco	b.teatro	c.estación
星期六	a.sábado	b.domingo	c.martes
牛奶	a.té	b.leche	c.limonada

解答 ▶▶ P.183

Día 6

"**No puedo vivir sin ti.**
我不能沒有你。"

# 第 6 天
談談自己的嗜好與興趣！

今天我們要學習第三組西班牙語常用動詞「ver」（看）、「leer」（讀）、「comer」（吃）、「escribir」（寫），搭配上「電影類型」、「書籍雜誌」、「食物名稱」、「寫作類型」，就能輕鬆說出自己的嗜好與興趣。

6-1 你看哪種電影？
6-2 你讀什麼？
6-3 你吃什麼？
6-4 你寫什麼？

今日學習重點

今天我們要學習以下四個西班牙語動詞：

6-1 ver 看

6-2 leer 讀

6-3 comer 吃

6-4 escribir 寫

西班牙語總共有三組現在時規則變化的動詞，分別是第四天學習過的動詞字尾是「ar」的變化，以及今日要學習的動詞字尾是「er」和「ir」的變化。當動詞的字尾是「er」和「ir」時，動詞必須搭配主詞而有下列的現在時規則變化：

主　　詞		動詞字尾是er
yo	我	**-o**
tú	你	**-es**
él / ella / usted	他 / 她 / 您	**-e**
nosotros / nosotras	我們（男性）/ 我們（女性）	**-emos**
vosotros / vosotras	你們（男性）/ 妳們（女性）	**-éis**
ellos / ellas / ustedes	他們 / 她們 / 您們	**-en**

主　　詞		動詞字尾是ir
yo	我	**-o**
tú	你	**-es**
él / ella / usted	他 / 她 / 您	**-e**
nosotros / nosotras	我們（男性）/ 我們（女性）	**-imos**
vosotros / vosotras	你們（男性）/ 妳們（女性）	**-ís**

| ellos / ellas / ustedes | 他們 / 她們 / 您們 | -en |

所以要說：「你吃。」不能按照字面意思直接說成：「Tú comer.」必須將動詞「comer」（吃）字尾的「er」，按照主詞「tú」（你）改成「es」，所以這句話正確的說法是：「Tú com**es**.」。如果要說「她寫。」該怎麼說呢？這句話的正確說法是：「Ella escrib**e**.」您答對了嗎？

最後要提醒您，字尾是「er」和「ir」的這二組動詞，除了「nosotros / nosotras」（我們）和「vosotros / vosotras」（你們）的動詞字尾變化形式不一樣，其他的動詞變化形式都相同喔！

搭配四個動詞，今天我們還會學習「電影類型」、「書籍雜誌」、「食物名稱」、「寫作類型」的西班牙語。

享受西語系國家的熱情 ¡Pasión cultural!

西班牙人在早上七點到九點吃早餐（desayuno），上午十一點到十二點時，會再吃第二次早餐。早餐的內容包含咖啡加牛奶、麵包、吐司、餅乾、吉拿棒。

午餐（almuerzo）在下午一點半到三點半食用，內容通常包含二道菜和一份甜點。午餐的第一道菜叫做「plato de entrada」，有湯或沙拉可選擇。第二道菜叫做「segundo plato」或「plato fuerte」，有牛肉、雞肉或魚肉可選擇，搭配沙拉、飯或馬鈴薯。最後一道菜是「postre」，包含甜點、水果或冰淇淋。

下午五點到六點半，西班牙人習慣會吃一點小吃（merienda），像是咖啡加吐司、巧克力加吉拿棒、水果，小孩會吃牛奶加餅乾。

晚上九點到十點半吃晚餐（cena），西班牙人這餐喜歡吃少一點，所以通常只吃一道菜和一份甜點。晚餐的內容通常有湯、西班牙煎蛋、蔬菜、蛋、起司、水果、優格。最後，西班牙人餐後習慣再喝點紅酒（vino tinto）。

Día 6

6-1 學習「看+電影類型」

¿Qué tipo de películas ves?
你看哪種電影？

Ver 看

主詞		動詞變化	主詞		動詞變化
yo	我	v**eo**	nosotros(as)	我們	v**emos**
tú	你	v**es**	vosotros(as)	你們	v**eis**
él / ella	他 / 她	v**e**	ellos / ellas	他們 / 她們	v**en**
usted	您	v**e**	ustedes	您們	v**en**

西班牙語我最行　¡A hablar!

Mi hermano ve una película de terror todos los viernes.
我的弟弟每個星期五看一部恐怖片。

Yo veo a mi vecino en el parque todos los días.
我每天在公園看到我的鄰居。

Mi primo ve los animales en el zoo.
我的表弟在動物園看動物。

馬上開口說西語 ¡Manos a la obra!

Mi hermano ve una película **de terror** todos los viernes.
我的弟弟每個星期五看一部恐怖片。

- romántica 浪漫愛情
- de aventuras 冒險
- de acción 動作
- de ciencia ficción 科幻
- de artes marciales 功夫
- comedia 喜劇
- drama 劇情
- musical 歌舞

小提醒➔「una comedia」、「un drama」、「un musical」這三個單字本身就代表電影類型，所以在西班牙語的口語說法中，不需要在前面加上「una película de~」等單字喔！

一起來用西語吧 ¡A practicar!

請填入正確的疑問詞。

例 qué　　cuándo　　dónde　　quién

¿_____**Dónde**_____ ve tu papá una película?
你的爸爸在哪裡看電影？

¿Con_____ ve una película romántica?
您跟誰看浪漫愛情電影？

¿_____ tipo de películas ven María y Carlos?
María和Carlos看哪種電影？

¿_____ ves al profesor en la universidad?
你何時在大學看到教授？

6-2 學習「書+書籍雜誌」

¿Qué lees?
你讀什麼？

Leer 讀

主詞		動詞變化	主詞		動詞變化
yo	我	le**o**	nosotros(as)	我們	le**emos**
tú	你	le**es**	vosotros(as)	你們	le**éis**
él / ella	他 / 她	le**e**	ellos / ellas	他們 / 她們	le**en**
usted	您	le**e**	ustedes	您們	le**en**

西班牙語我最行 ¡A hablar!

Mi prima lee el periódico en la sala todas las mañanas.
我的表妹每天早上在客廳讀報紙。

Yo leo muchos libros muy interesantes en el club de lectura.
我在讀書會讀很多有趣的書。

Siempre leo el manual de todos los electrodomésticos.
我總是讀所有家電用品的使用手冊。

馬上開口說西語 ¡Manos a la obra!

Mi prima lee **el periódico** en la sala todas las mañanas.

我的表妹每天早上在客廳讀報紙。

- el libro 書
- el ensayo 文章
- la lección 課程
- las noticias 新聞
- el cuento 故事
- el manual 使用手冊
- la revista 雜誌
- la página web 網頁

一起來用西語吧 ¡A practicar!

請把正確的動詞變化填入橫線中。

例 Yo (leer) _____**leo**_____ la noticia sobre salud.
我讀關於健康的新聞。

Mis hermanas (leer) _____ la revista de modas en la cafetería.
我的姊妹們在咖啡廳讀流行雜誌。

Mi hijo (leer) _____ el cuento "*Blancanieves*".
我的兒子讀「白雪公主」的故事。

Mi jefe (leer) _____ el reporte de mi compañero en la oficina.
我的老闆在辦公室讀我同事的報告。

¿Qué comes?
你吃什麼?

6-3 學習「吃+食物名稱」

Comer 吃

主詞		動詞變化	主詞		動詞變化
yo	我	com**o**	nosotros(as)	我們	com**emos**
tú	你	com**es**	vosotros(as)	你們	com**éis**
él / ella	他 / 她	com**e**	ellos / ellas	他們 / 她們	com**en**
usted	您	com**e**	ustedes	您們	com**en**

西班牙語我最行　¡A hablar!

Yo como un bistec con ensalada y papas fritas.
我吃一份牛排配沙拉和薯條。

Él come fideos instantáneos cuando está en exámenes.
他在考試的時候吃泡麵。

Mi hermana come comida vegetariana.
我的妹妹吃素食。

馬上開口說西語　¡Manos a la obra!

Yo como **un bistec con ensalada y papas fritas**.

我吃一份牛排配沙拉和薯條。

- el desayuno 早餐
- el almuerzo 午餐
- la cena 晚餐
- un pollo 雞肉
- un pescado 魚
- mariscos 海鮮
- una hamburguesa 漢堡
- arroz 飯

小提醒➡ 薯條也可以說成「patatas」。

一起來用西語吧　¡A practicar!

請將下列單字排列成正確的句子。

例 comida / mi tío / solo come / vegetariana
我的叔叔只吃素食。
　　　Mi tío solo come comida vegetariana.

ensalada / comes / un bistec / tú / con / en el restaurante
你在餐廳吃一份牛排配沙拉。

___

no / fideos instantáneos / como / yo
我不吃泡麵。

___

comemos / arroz con mariscos y ensalada / nosotros / en el cumpleaños de Carlos
我們在Carlos的生日吃飯配海鮮和沙拉。

___

6-4 學習「寫＋寫作類型」

¿Qué escribes?
你寫什麼？

Escribir 寫

主詞		動詞變化	主詞		動詞變化
yo	我	escrib**o**	nosotros(as)	我們	escrib**imos**
tú	你	escrib**es**	vosotros(as)	你們	escrib**ís**
él / ella	他 / 她	escrib**e**	ellos / ellas	他們 / 她們	escrib**en**
usted	您	escrib**e**	ustedes	您們	escrib**en**

西班牙語我最行 ¡A hablar!

Mi hermano escribe un reporte en la biblioteca.
我的弟弟在圖書館寫一份報告。

Yo escribo un poema de amor en mi blog.
我在我的部落格寫一首情詩。

La secretaria escribe muchos correos electrónicos todos los días.
祕書每天寫很多電子郵件。

馬上開口說西語 ¡Manos a la obra!

Mi hermano escribe **un reporte** en la biblioteca.

我的弟弟在圖書館寫一份報告。

- una carta 信
- un diario 日記
- un mensaje 留言 / 簡訊
- un poema 詩
- un correo electrónico 電子郵件
- una canción 歌曲
- la tarea 功課
- un documento 文件

一起來用西語吧 ¡A practicar!

請從下列欄位中挑出適當的語詞，寫出三個完整的句子。

主詞	動詞	名詞	地點
yo	escriben	un poema	en la biblioteca
él	escribimos	una carta	en la clase
ellos	escribo	la tarea	en la oficina
nosotros	escribe	un reporte	en la cafetería

例 **Yo escribo una carta en la biblioteca.**
我在圖書館寫一封信。

(1) _____

(2) _____

(3) _____

Día 6

西班牙語加油站 ¡Apliquemos lo aprendido!

1. 請完成下表的動詞變化。

	ver	leer	comer	escribir
yo			como	
tú	ves			
él / ella / usted		lee		
nosotros / nosotras				escribimos
vosotros / vosotras			coméis	
ellos / ellas	ven			

2. 請依據提示完成下列句子。

例 Yo (trabajar) __trabajo__ en la (辦公室) __oficina__ .
我在辦公室工作。

Mis primos (ver) _____ una película (動作片) _____ en el cine.
我的堂兄弟姊妹在電影院看一部動作片。

Mi amigo (escribir) _____ una carta.
我的朋友寫信。

Vosotros (cantar) _____ una (歌) _____ en el teatro.
你們在劇院唱歌。

Mi papá (comer) _____ (海鮮)_____ en el restaurante.
我的爸爸在餐廳吃海鮮。

Tú (hablar) _____ español (很好)_____.
你說很流利的西班牙語。

Carlos y yo (leer) _____ el ensayo en la (圖書館) _____.
Carlos和我在圖書館讀文章。

3. 請回答下列問題。

例 ¿Qué tipo de películas ves? 你看哪種電影？

Yo veo películas de _____**acción**_____.

¿A quién ves todos los días? 你每天看到誰？

Yo veo _____ todos los días.

¿Cuál periódico lees? 你讀哪一份報紙？

Yo leo el periódico _____.

¿Dónde comes mariscos? 你在哪裡吃海鮮？

Yo como la cena en _____.

解答 ▶▶ P.184

Día 7

¡ Que buena suerte !
真好運！

第 7 天
你辦到了，西語真的很簡單！

今天我們要學習第四組西班牙語常用動詞「tener」（有）、「querer」（想要）、「ir」（去）、「poder」（能、可以），搭配上「家電用品」、「顏色」、「生活場所」、「日常活動」，就能說出更貼切的西班牙語。

7-1 在你的房間有什麼？
7-2 您想要什麼顏色？
7-3 你去哪裡？
7-4 你能做什麼？

今日學習重點

今天我們要學習以下四個西班牙語動詞：

7-1 tener 有

7-2 querer 想要

7-3 ir 去

7-4 poder 能、可以

恭喜您進入本書第七天的單元，今天我們要學習最後一組常用的西班牙語動詞。除了在第四天到第六天，我們學習過動詞字尾是「ar、er、ir」的現在時規則變化，西班牙語還有不規則現在時變化的動詞。今天要學習的動詞「tener」（有）、「querer」（想要）、「poder」（能、可以），就屬於這一組不規則變化的動詞。

這組動詞的現在時變化規則是：把動詞中的字母「e」改為「ie」、把字母「o」改為「ue」，同時把動詞字尾的「er」改為我們在第六天學習過的動詞現在時變化即可。要特別注意，主詞「nosotros / vosotros」（我們 / 你們）的變化與其它主詞不同，這二個的主詞不需要將動詞中的「e」或「o」做任何改變。讓我們更仔細地學習這組動詞的現在時變化：

（1）將動詞中的字母「**e**」改為「**ie**」：

如果您想說：「他有一輛車子。」就不能按照字面意思說成：「Él tener un coche.」必須將動詞「tener」中的字母「e」改為「ie」，同時將動詞字尾的字母「er」改為「e」，變成「tiene」這個字。所以這句話的正確說法應該是：「Él tiene un coche.」

這組動詞的現在時變化，請見下表：

主　　詞	動詞變化	主　　詞	動詞變化
yo	我	ten**go**	nosotros(as)	我們	ten**emos**
tú	你	t**ie**nes	vosotros(as)	你們	ten**éis**
él / ella	他 / 她	t**ie**ne	ellos / ellas	他們 / 她們	t**ie**n**en**
usted	您	t**ie**ne	ustedes	您們	t**ie**n**en**

其他相同變化規則的常用動詞有：「tener」（有）、「querer」（想要）、「pensar」（想、想念）、「empezar」（開始）、「preferir」（比較喜歡）、「sentir」（感覺）。上述六個動詞的現在時變化規則都相同，也就是將動詞中的字母「e」改為「ie」，同時將動詞字尾的字母從「ar、er、ir」改為我們在第四天和第六天學習過的字尾變化形式即可。

所以要說：「我想念媽媽。」不能按照西班牙語的單字直接說成：「Yo pensar en mamá.」必須將動詞「pensar」中的「e」改為「ie」、字尾的「ar」改為主詞「yo」的變化「o」，變成「pienso」，所以這句話的正確說法就是：「Yo pienso en mamá.」

（2）將動詞中的字母「**o**」改為「**ue**」，這組動詞的現在時變化如下表：

主　　詞	動詞變化	主　　詞	動詞變化
yo	我	p**ue**do	nosotros(as)	我們	pod**emos**
tú	你	p**ue**des	vosotros(as)	你們	pod**éis**
él / ella	他 / 她	p**ue**de	ellos / ellas	他們 / 她們	p**ue**d**en**
usted	您	p**ue**de	ustedes	您們	p**ue**d**en**

其他相同變化規則的常用動詞有：「encontrar」（找到）、「volver」（回來）。上述二個動詞的現在時變化規則都相同，也就是將動詞中的字母「o」改為「ue」，同時將動詞字尾的字母從「ar、er」改為我們在第四天和第六天學習過的字尾變化形式即可。

所以要說：「我找不到我的眼鏡。」不能按照西班牙語的單字直接說成：「Yo no encontrar mis gafas.」必須將動詞「encontrar」中的「o」改為「ue」、字尾的「ar」改為主詞「yo」的變化「o」，變成「encuentro」，所以這句話的正確說法就是：「Yo no encuentro mis gafas.」

> 搭配四個動詞，今天我們還會學習「家電用品」、「顏色」、「生活場所」、「日常活動」的西班牙語。

最後，我們來學習西班牙語的指示代名詞（這個、那個），讓您可以說出更精確的西班牙語。西班牙語的指示代名詞一共有三個，分別是離說話者較近的「este」（這個）、離說話者較遠的「ese」（那個）、離說話者很遠的「aquel」（那個）。西班牙語的指示代名詞，必須依據名詞的陽性、陰性和單數、複數，而有同樣的形式，請見下表：

	陽性		陰性	
	單數	複數	單數	複數
近處	este	estos	esta	estas
遠處	ese	esos	esa	esas
很遠處	aquel	aquellos	aquella	aquellas

所以當您要說身旁的書，可以說：「este libro」（這本書）。當您要說遠處的銀行，可以說：「ese banco」（那家銀行）。而若您想很遠處的幾間教堂，您可以說：「aquellas iglesias」（那幾間教堂）。

享受西語系國家的熱情 ¡Pasión cultural!

今天，讓我們來學習幾個重要的西語系國家禮儀，日後碰到說西班牙語的朋友，才不會失禮喔！

首先，當您剛開始認識一個人，跟長輩說話、或者在公共場合跟其他人對話時，必須使用「usted」（您）的動詞變化。所以您可以說：「¿Cómo está?」（您好嗎？）讓對方感受到您的禮貌。

再來，早上碰到西語系國家的朋友，您可以說：「Buenos días.」（早安。）西班牙在下午二點以前都可以說早安，中南美洲則是在中午十二點以前都可以說早安。午餐到晚餐的時間，您可以跟朋友說：「Buenas tardes.」（午安。）西班牙在晚上九點以前都可以說午安，而中南美洲則是晚上七點以前可以說午安。而晚餐之後，您可以跟朋友說：「Buenas noches.」（晚安。）

最後，當您到西語系國家找朋友做客時，記得進門時不應該脫鞋子，而是要直接穿著鞋子進門，這樣才有禮貌喔！而當您收到西語系國家朋友送的禮物，必須當著朋友的面，打開禮物，同時一定要表達感謝，並向朋友說您非常喜歡這個禮物喔！

Día 7

7-1 學習「有＋家電用品」

¿Qué tienes en tu habitación?
在你的房間有什麼？

Tener 有

主詞		動詞變化	主詞		動詞變化
yo	我	tengo	nosotros(as)	我們	tenemos
tú	你	tienes	vosotros(as)	你們	tenéis
él / ella	他 / 她	tiene	ellos / ellas	他們 / 她們	tienen
usted	您	tiene	ustedes	您們	tienen

西班牙語我最行 ¡A hablar!

Mi hermana tiene una televisión en su habitación.
我的妹妹在她的房間有一台電視。

Nosotros tenemos una nevera muy grande.
我們有一台非常大的冰箱。

La sala de mi casa no tiene aire acondicionado.
我家的客廳沒有冷氣。**小提醒**➡您可能會聽到人們說：「La sala de mi casa no tiene aire acondicionado.」，然而要表達「我家的客廳沒有冷氣。」的最佳說法是：「En la sala de mi casa no hay aire acondicionado.」，請您特別注意。

156 信不信由你

馬上開口說西語 ¡Manos a la obra!

Mi hermana tiene <u>una televisión</u> en su habitación.
我的妹妹在她的房間有一台電視。

- una lámpara 燈
- un equipo de sonido 音響
- una licuadora 果汁機
- una nevera 冰箱
- una lavadora 洗衣機
- un horno 烤箱
- un ordenador / una computadora 電腦
- un aire acondicionado 冷氣

一起來用西語吧 ¡A practicar!

請把正確的動詞變化填入橫線中。

例 Aquel estudiante (tener) ___**tiene**___ muchos libros de español.
那個學生有很多西班牙語書。

Mi primo (tener) _____ un ordenador.
我的堂哥有一台電腦。

Yo (tener) _____ una lavadora grande.
我有一台大的洗衣機。

Nosotros (tener) _____ una nevera.
我們有一台冰箱。

第7天 你辦到了，西語真的很簡單！

7-2 學習「想要+顏色」

¿Qué color quiere?
您想要什麼顏色？

Querer 想要

主詞		動詞變化	主詞		動詞變化
yo	我	quiero	nosotros(as)	我們	queremos
tú	你	quieres	vosotros(as)	你們	queréis
él / ella	他 / 她	quiere	ellos / ellas	他們 / 她們	quieren
usted	您	quiere	ustedes	您們	quieren

西班牙語我最行 ¡A hablar!

Ellos quieren aquella guitarra negra.
他們想要那把黑色的吉他。

Yo quiero unas gafas de sol.
我想要一副太陽眼鏡。

Mi hijo no quiere esta camisa amarilla.
我的兒子不想要這件黃色的襯衫。

馬上開口說西語　¡Manos a la obra!

Ellos quieren aquella guitarra **negra**.

他們想要那把**黑色**的吉他。

- naranja 橙色
- amarilla 黃色
- verde 綠色
- azul 藍色
- blanca 白色
- gris 灰色
- roja 紅色
- café 咖啡色

小提醒 ➡ 西班牙語的顏色也可以當成形容詞使用，此時必須根據主詞的陽性、陰性而變化。例如「紅色的車」就可以說成「coche rojo」、「黃色的襯衫」就可以說成「camisa amarilla」。而「naranja、azul、café、verde、gris」這幾個顏色是例外，不需做任何變化。

一起來用西語吧　¡A practicar!

請根據提示的句型和每句的答案，完成下列每個問題。

例 ¿De qué color **querer** + 名詞?　想要什麼顏色的～？

¿De qué color _____ _____?　他想要什麼顏色的腳踏車？
Él quiere una bici roja.　他想要紅色的腳踏車。

¿De qué color _____ _____?　你想要什麼顏色的外套？
Yo quiero un abrigo blanco.　我想要白色的外套。

¿De qué color _____ _____?　你想要什麼顏色的椅子？
Yo quiero una silla verde.　我想要綠色的椅子。

7-3 學習「去+生活場所」

¿A dónde vas?
你去哪裡?

Ir 去

主詞		動詞變化	主詞		動詞變化
yo	我	**voy**	nosotros(as)	我們	**vamos**
tú	你	**vas**	vosotros(as)	你們	**vais**
él / ella	他 / 她	**va**	ellos / ellas	他們 / 她們	**van**
usted	您	**va**	ustedes	您們	**van**

小提醒➡ 「ir」是不規則變化的動詞，使用時要特別注意。「ir」必須搭配介系詞「a」一起使用，句型是：「ir + a + 地點」（去某個地方）。另外，因為說話的時候，「a el」會連音讀成「al」，所以「a el」可以直接寫成「al」。像「Yo voy a el parque.」這句話，就可以寫成「Yo voy al parque.」

西班牙語我最行　¡A hablar!

Yo voy a la piscina todos los fines de semana. 我每個週末去游泳池。

Ella va al hospital porque está enferma. 她因為生病去醫院。

La abogada va a España el próximo año. 律師明年去西班牙。

馬上開口說西語 ¡Manos a la obra!

Yo voy a **la piscina** todos los fines de semana.
我每週末去<u>游泳池</u>。

- la iglesia 教堂
- el museo 博物館
- el parque 公園
- el teatro 劇院
- la tienda de departamentos 百貨公司
- el supermercado 超級市場
- el aeropuerto 機場
- la estación de tren 火車站

小提醒➡ 百貨公司也可以說成「grandes almacenes」。

一起來用西語吧 ¡A practicar!

連連看。

¿A dónde vas? •
你去哪裡？

¿Cuándo van al teatro? •
他們何時去劇院？

¿Quién va al museo? •
誰去博物館？

¿A cuál banco vais? •
你們去哪間銀行？

• El profesor va al museo.
教授去博物館。

• Voy al edificio 101.
我去101大樓。

• Vamos al Banco País.
我們去País銀行。

• Ellos van al teatro este domingo.
他們這個星期日去劇院。

第7天 你辦到了，西語真的很簡單！

一週開口說西班牙語 **161**

7-4 學習「能 + 日常活動」 Día 7

¿Qué puedes hacer?
你能做什麼？

Poder 能、可以

主詞		動詞變化	主詞		動詞變化
yo	我	puedo	nosotros(as)	我們	podemos
tú	你	puedes	vosotros(as)	你們	podéis
él / ella	他 / 她	puede	ellos / ellas	他們 / 她們	pueden
usted	您	puede	ustedes	您們	pueden

小提醒 ➡ 「poder」這個動詞的用法如下：「poder + 原形動詞」（能做某件事），所以您可以使用「poder」這個字，搭配我們學過的動詞來使用。例如：「Yo puedo trabajar este fin de semana.」（我這個週末能工作。）就是「puedo（yo的變化）+ trabajar（原形動詞）」。我們在今日學習到的「querer」（想要）這個動詞，也可以這樣使用喔！

西班牙語我最行 ¡A hablar!

Tú puedes ver la película en mi casa. 你能在我家看電影。

Usted no puede fumar aquí. 您不能在這裡抽菸。

Lo siento, no puedo ir a la fiesta de cumpleaños.
對不起，我不能去生日派對。

馬上開口說西語 ¡Manos a la obra!

Tú puedes **ver la película** en mi casa.
你能在我家**看電影**。

- estudiar español 學習西班牙語
- lavar la ropa 洗衣服
- vivir 住
- hacer un pastel 做蛋糕
- escuchar música 聽音樂
- beber vino 喝紅酒
- jugar ajedrez 下棋
- dormir 睡覺

一起來用西語吧 ¡A practicar!

請選出正確的動詞，填入橫線中。

例 Él ___b___ tomar el bus en la estación.
他能在車站搭公車。

a. puedo   b. puede   c. poder

Nosotros podemos _____ plaza.
我們能去廣場。

a. voy a la   b. ir al   c. ir a la

Tú puedes lavar _____ aquí.
你能在這裡洗裙子。

a. la falda   b. la fecha   c. el mambo

Usted puede _____ español en la universidad.
您能在大學學西班牙語。

a. vivir   b. estudiar   c. beber

第 7 天 你辦到了，西語真的很簡單！

西班牙語加油站 ¡Apliquemos lo aprendido!

1. 請完成下表的動詞變化。

	tener	querer	ir	poder
yo		quiero		
tú	tienes			puedes
él / ella / usted			va	
nosotros / nosotras		queremos		
vosotros / vosotras			vais	podéis
ellos / ellas	tienen			

2. 請閱讀這篇文章,並回答下面的是非題。

El fin de semana

Yo voy a la casa de mi amigo Mario todos los fines de semana. La familia de Mario es simpática. Su padre es abogado y trabaja en una compañía. Su madre es médica y trabaja en un hospital. Ellos son de España. Yo voy a su casa porque puedo hablar español con ellos.

La casa de Mario es muy bonita. Tiene una sala muy grande. Su padre canta canciones en español allí. Mario y su mamá no cantan, pero bailan muy bien. En la noche, nosotros vemos una película de ciencia ficción, comemos tapas y tomamos vino.
Y tú, ¿A dónde vas los fines de semana?

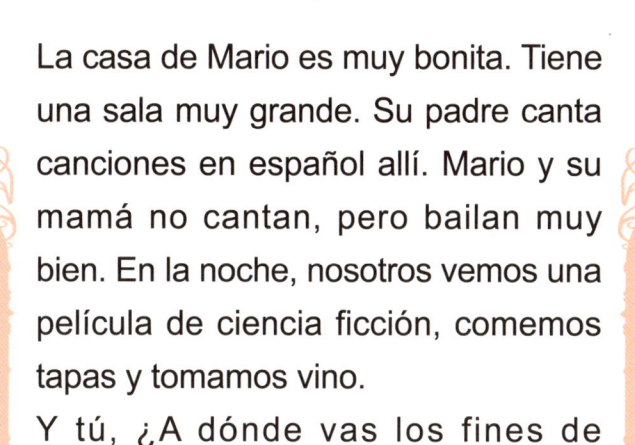

(　)Yo voy a la casa de mi amigo Mario este lunes.
我這個星期一去我朋友Mario的家。

(　)La familia de Mario es simpática.
Mario的家庭很友善。

(　)El padre de Mario es ingeniero.
Mario的爸爸是工程師。

(　)La madre de Mario es médica.
Mario的媽媽是醫生。

(　)El padre de Mario trabaja en un hospital.
Mario的爸爸在一家醫院工作。

Día 7

(　)Ellos son de España.
他們從西班牙來。

(　)Yo no puedo hablar español con Mario.
我不能跟Mario說西班牙語。

(　)Mario tiene una película.
Mario有一部電影。

(　)Su padre canta canciones en la sala.
他的爸爸在客廳唱歌。

(　)Mario y su mamá bailan muy bien.
Mario和他的媽媽跳舞跳得很好。

(　)Nosotros vemos una película romántica .
我們看一部浪漫愛情電影。

(　)Mario y yo comemos la cena en la sala.
Mario和我在客廳吃晚餐。

(　)Los padres de Mario no toman vino.
Mario的雙親不喝紅酒。

解答 ▶▶ P.186

附錄

經過七天學習，相信您已經能開口說出流利的生活西語。這個單元，特別提供「西班牙語字母表」、「西班牙語常用動詞表」、「自我練習答案」三個小單元，讓您輕鬆的溫故知新。

1. 西班牙語字母表
2. 西班牙語常用動詞表
3. 自我練習答案

西班牙語字母表
Alfabeto español

大　寫	小　寫	讀　音
A	a	a
B	b	be
C	c	ce
D	d	de
E	e	e
F	f	efe
G	g	ge
H	h	hache
I	i	i
J	j	jota
K	k	ka
L	l	ele
M	m	eme
N	n	ene

大　寫	小　寫	讀　音
Ñ	ñ	eñe
O	o	o
P	p	pe
Q	q	cu
R	r	erre
S	s	ese
T	t	te
U	u	u
V	v	uve
W	w	uve doble
X	x	equis
Y	y	i griega (ye)
Z	z	zeta

西班牙語常用動詞表（現在式變化）

規則變化：字尾是「ar」

Bailar 跳舞

主詞		動詞變化	主詞		動詞變化
yo	我	bail**o**	nosotros(as)	我們	bail**amos**
tú	你	bail**as**	vosotros(as)	你們	bail**áis**
él / ella	他 / 她	bail**a**	ellos / ellas	他們 / 她們	bail**an**
usted	您	bail**a**	ustedes	您們	bail**an**

Comprar 買

主詞		動詞變化	主詞		動詞變化
yo	我	compr**o**	nosotros(as)	我們	compr**amos**
tú	你	compr**as**	vosotros(as)	你們	compr**áis**
él / ella	他 / 她	compr**a**	ellos / ellas	他們 / 她們	compr**an**
usted	您	compr**a**	ustedes	您們	compr**an**

Escuchar 聽

主詞		動詞變化	主詞		動詞變化
yo	我	escuch**o**	nosotros(as)	我們	escuch**amos**
tú	你	escuch**as**	vosotros(as)	你們	escuch**áis**
él / ella	他 / 她	escuch**a**	ellos / ellas	他們 / 她們	escuch**an**
usted	您	escuch**a**	ustedes	您們	escuch**an**

Estudiar 學習

主詞		動詞變化	主詞		動詞變化
yo	我	estudi**o**	nosotros(as)	我們	estudi**amos**
tú	你	estudi**as**	vosotros(as)	你們	estudi**áis**
él / ella	他 / 她	estudi**a**	ellos / ellas	他們 / 她們	estudi**an**
usted	您	estudi**a**	ustedes	您們	estudi**an**

Hablar 說

主詞		動詞變化	主詞		動詞變化
yo	我	hablo	nosotros(as)	我們	hablamos
tú	你	hablas	vosotros(as)	你們	habláis
él / ella	他 / 她	habla	ellos / ellas	他們 / 她們	hablan
usted	您	habla	ustedes	您們	hablan

Lavar 洗

主詞		動詞變化	主詞		動詞變化
yo	我	lavo	nosotros(as)	我們	lavamos
tú	你	lavas	vosotros(as)	你們	laváis
él / ella	他 / 她	lava	ellos / ellas	他們 / 她們	lavan
usted	您	lava	ustedes	您們	lavan

Necesitar 需要

主詞		動詞變化	主詞		動詞變化
yo	我	necesito	nosotros(as)	我們	necesitamos
tú	你	necesitas	vosotros(as)	你們	necesitáis
él / ella	他 / 她	necesita	ellos / ellas	他們 / 她們	necesitan
usted	您	necesita	ustedes	您們	necesitan

Tomar 搭乘、喝、拿

主詞		動詞變化	主詞		動詞變化
yo	我	tomo	nosotros(as)	我們	tomamos
tú	你	tomas	vosotros(as)	你們	tomáis
él / ella	他 / 她	toma	ellos / ellas	他們 / 她們	toman
usted	您	toma	ustedes	您們	toman

Trabajar 工作

主詞		動詞變化	主詞		動詞變化
yo	我	trabajo	nosotros(as)	我們	trabajamos
tú	你	trabajas	vosotros(as)	你們	trabajáis
él / ella	他 / 她	trabaja	ellos / ellas	他們 / 她們	trabajan
usted	您	trabaja	ustedes	您們	trabajan

附錄❶ 西班牙語常用動詞表（現在式變化）

規則變化：字尾是「er」

Beber 喝

主詞		動詞變化	主詞		動詞變化
yo	我	beb**o**	nosotros(as)	我們	beb**emos**
tú	你	beb**es**	vosotros(as)	你們	beb**éis**
él / ella	他 / 她	beb**e**	ellos / ellas	他們 / 她們	beb**en**
usted	您	beb**e**	ustedes	您們	beb**en**

Comer 吃

主詞		動詞變化	主詞		動詞變化
yo	我	com**o**	nosotros(as)	我們	com**emos**
tú	你	com**es**	vosotros(as)	你們	com**éis**
él / ella	他 / 她	com**e**	ellos / ellas	他們 / 她們	com**en**
usted	您	com**e**	ustedes	您們	com**en**

Leer 讀

主詞		動詞變化	主詞		動詞變化
yo	我	le**o**	nosotros(as)	我們	le**emos**
tú	你	le**es**	vosotros(as)	你們	le**éis**
él / ella	他 / 她	le**e**	ellos / ellas	他們 / 她們	le**en**
usted	您	le**e**	ustedes	您們	le**en**

Ver 看

主詞		動詞變化	主詞		動詞變化
yo	我	v**eo**	nosotros(as)	我們	v**emos**
tú	你	v**es**	vosotros(as)	你們	v**eis**
él / ella	他 / 她	v**e**	ellos / ellas	他們 / 她們	v**en**
usted	您	v**e**	ustedes	您們	v**en**

規則變化：字尾是「ir」

Escribir 寫

主詞		動詞變化	主詞		動詞變化
yo	我	escribo	nosotros(as)	我們	escribimos
tú	你	escribes	vosotros(as)	你們	escribís
él / ella	他 / 她	escribe	ellos / ellas	他們 / 她們	escriben
usted	您	escribe	ustedes	您們	escriben

Recibir 收到

主詞		動詞變化	主詞		動詞變化
yo	我	recibo	nosotros(as)	我們	recibimos
tú	你	recibes	vosotros(as)	你們	recibís
él / ella	他 / 她	recibe	ellos / ellas	他們 / 她們	reciben
usted	您	recibe	ustedes	您們	reciben

Vivir 住、生活

主詞		動詞變化	主詞		動詞變化
yo	我	vivo	nosotros(as)	我們	vivimos
tú	你	vives	vosotros(as)	你們	vivís
él / ella	他 / 她	vive	ellos / ellas	他們 / 她們	viven
usted	您	vive	ustedes	您們	viven

不規則變化：「e」改為「ie」

Pensar 想、想念

主詞		動詞變化	主詞		動詞變化
yo	我	pienso	nosotros(as)	我們	pensamos
tú	你	piensas	vosotros(as)	你們	pensáis
él / ella	他 / 她	piensa	ellos / ellas	他們 / 她們	piensan
usted	您	piensa	ustedes	您們	piensan

Preferir 比較喜歡、寧可

主詞		動詞變化	主詞		動詞變化
yo	我	pref**iero**	nosotros(as)	我們	prefer**imos**
tú	你	pref**ieres**	vosotros(as)	你們	prefer**ís**
él / ella	他 / 她	pref**iere**	ellos / ellas	他們 / 她們	pref**ieren**
usted	您	pref**iere**	ustedes	您們	pref**ieren**

Querer 想要

主詞		動詞變化	主詞		動詞變化
yo	我	qu**iero**	nosotros(as)	我們	quer**emos**
tú	你	qu**ieres**	vosotros(as)	你們	quer**éis**
él / ella	他 / 她	qu**iere**	ellos / ellas	他們 / 她們	qu**ieren**
usted	您	qu**iere**	ustedes	您們	qu**ieren**

Tener 有

主詞		動詞變化	主詞		動詞變化
yo	我	ten**go**	nosotros(as)	我們	ten**emos**
tú	你	t**ienes**	vosotros(as)	你們	ten**éis**
él / ella	他 / 她	t**iene**	ellos / ellas	他們 / 她們	t**ienen**
usted	您	t**iene**	ustedes	您們	t**ienen**

不規則變化：「o」改為「ue」

Dormir 睡覺

主詞		動詞變化	主詞		動詞變化
yo	我	d**uer**mo	nosotros(as)	我們	dorm**imos**
tú	你	d**uer**mes	vosotros(as)	你們	dorm**ís**
él / ella	他 / 她	d**uer**me	ellos / ellas	他們 / 她們	d**uer**men
usted	您	d**uer**me	ustedes	您們	d**uer**men

Encontrar 找到

主詞		動詞變化	主詞		動詞變化
yo	我	encuentro	nosotros(as)	我們	encontramos
tú	你	encuentras	vosotros(as)	你們	encontráis
él / ella	他 / 她	encuentra	ellos / ellas	他們 / 她們	encuentran
usted	您	encuentra	ustedes	您們	encuentran

Poder 能、可以

主詞		動詞變化	主詞		動詞變化
yo	我	puedo	nosotros(as)	我們	podemos
tú	你	puedes	vosotros(as)	你們	podéis
él / ella	他 / 她	puede	ellos / ellas	他們 / 她們	pueden
usted	您	puede	ustedes	您們	pueden

Volver 回來

主詞		動詞變化	主詞		動詞變化
yo	我	vuelvo	nosotros(as)	我們	volvemos
tú	你	vuelves	vosotros(as)	你們	volvéis
él / ella	他 / 她	vuelve	ellos / ellas	他們 / 她們	vuelven
usted	您	vuelve	ustedes	您們	vuelven

不規則變化

Estar 是

主詞		動詞變化	主詞		動詞變化
yo	我	estoy	nosotros(as)	我們	estamos
tú	你	estás	vosotros(as)	你們	estáis
él / ella	他 / 她	está	ellos / ellas	他們 / 她們	están
usted	您	está	ustedes	您們	están

Hacer 做

主詞		動詞變化	主詞		動詞變化
yo	我	hago	nosotros(as)	我們	hacemos
tú	你	haces	vosotros(as)	你們	hacéis
él / ella	他 / 她	hace	ellos / ellas	他們 / 她們	hacen
usted	您	hace	ustedes	您們	hacen

Ir 去

主詞		動詞變化	主詞		動詞變化
yo	我	voy	nosotros(as)	我們	vamos
tú	你	vas	vosotros(as)	你們	vais
él / ella	他 / 她	va	ellos / ellas	他們 / 她們	van
usted	您	va	ustedes	您們	van

Jugar 玩

主詞		動詞變化	主詞		動詞變化
yo	我	juego	nosotros(as)	我們	jugamos
tú	你	juegas	vosotros(as)	你們	jugáis
él / ella	他 / 她	juega	ellos / ellas	他們 / 她們	juegan
usted	您	juega	ustedes	您們	juegan

Llamarse 叫

主詞		動詞變化	主詞		動詞變化
yo	我	me llamo	nosotros(as)	我們	nos llamamos
tú	你	te llamas	vosotros(as)	你們	os llamáis
él / ella	他 / 她	se llama	ellos / ellas	他們 / 她們	se llaman
usted	您	se llama	ustedes	您們	se llaman

Ser 是

主詞		動詞變化	主詞		動詞變化
yo	我	soy	nosotros(as)	我們	somos
tú	你	eres	vosotros(as)	你們	sois
él / ella	他 / 她	es	ellos / ellas	他們 / 她們	son
usted	您	es	ustedes	您們	son

自我練習 答案

第一天：西語發音，原來這麼簡單！

1-4

Carlos __está__ muy cansado.

Nosotros __estamos__ muy confundidos.

Ellos __están__ muy enfadados.

西班牙語加油站

1.

陽性單字	jefe	año	helado
	edificio	pingüino	dinero
陰性單字	vida	uva	iglesia
	música	oreja	cuchara

2.

(1) **oro**　　oficina　　boca　　compañía
(2) cucaracha　cena　　clínica　　**beso**
(3) tienda　　**helado**　firma　　página
(4) **fábrica**　hielo　　kiosco　　calendario
(5) guitarra　caja　　**anillo**　lluvia
(6) sello　　mundo　　baño　　**novela**

3.

錢	dinero	果汁	zumo
辦公室	oficina	老闆	jefe
腳踏車	bici	冰淇淋	helado
容易的	fácil	害羞的	tímido
頁	página	椅子	silla

4.

很累 — cansado
還好 — más o menos
生病了 — enfermo
困惑 — confundido
無聊 — aburrido

第二天：再接再厲，學好西語發音！

2-4

La mamá de mi mamá　　<u>mi abuela</u>
El hermano de mi papá　<u>mi tío</u>
La hija de mi hermano　<u>mi sobrina</u>

西班牙語加油站

1.

	llamarse
yo	me llamo
tú	te llamas
él / ella / usted	se llama
nosotros / nosotras	nos llamamos
vosotros / vosotras	os llamáis
ellos / ellas	se llaman

2.

符號的音節	倒數第二個音節	最後一個音節
periódico	iglesia	bailar
cuándo	aunque	universidad
intuición	moneda	carnaval
clínica	barco	escribir

3.

El abuelo de Elisa　　　　　　　　___José___

El tío de Carlos　　　　　　　　　___Julio___

El nieto de José y María　　　　　___Carlos___

第三天：開始用西語介紹自己！

3-1

2　3　5　6　9　10　11　15　20　80　100

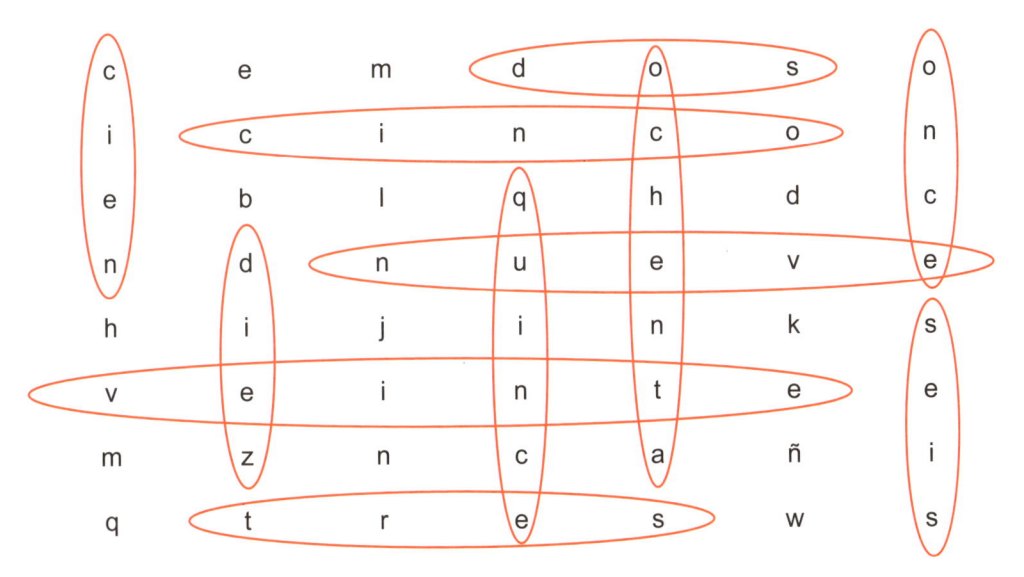

```
c    e    m    d    o    s    o
i    c    i    n    c    o    n
e    b    l    q    h    d    c
n    d    n    u    e    v    e
h    i    j    i    n    k    s
v    e    i    n    t    e    e
m    z    n    c    a    ñ    i
q    t    r    e    s    w    s
```

3-2

家庭主婦	•	gerenta
建築師	•	estudiante
學生	•	ama de casa
老板	•	arquitecto
經理（女）	•	diseñador
設計師	•	jefe

附錄 ❶ 自我練習答案

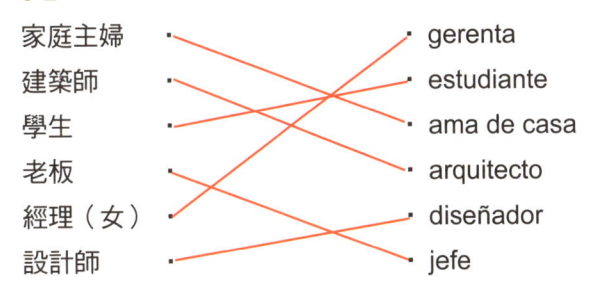

一週開口說西班牙語　179

Apéndice

3-3

. _____**punto**_____

_ ___**guion inferior / bajo**___   – ___**guion superior / normal**___

3-4

Mi tía es muy _____**simpática**_____ .

Mi hermano es muy _____**alto**_____ .

Mi mamá es muy _____**hermosa**_____ .

西班牙語加油站

1.

(1) ¿**Cuál** es tu **apellido**?

(2) ¿**Cuál** es el **número de teléfono** de tu casa?

(3) ¿**Cuál** es el **número** de **teléfono de tu oficina**?

(4) ¿**Cuál** es tu **correo electrónico**?

2.

María ： **Bien**. ¿y tú?

Carlos ： Muy bien, gracias. ¿**Cómo** te llamas?

María ： **Me llamo** María.

Carlos ： ¿Cuál es **tu número de teléfono**?

María ： Es 986236721.

Carlos ： ¿Cuál es tu **correo electrónico**?

María ： **Mi correo electrónico es** maria@hinet.net.

Carlos ： ¿**A qué te dedicas**?

María ： Soy diseñadora.

Carlos ： Adiós.

María ： Hasta luego.

3.

	① p	o	r	⑥ q	u	é
				u		
			⑤ c	i		
		② q	u	é		
③④ c	u	á	n		⑦ d	o
ó		l		ó		
m				n		
o				d		
				e		

4.

Mi número de teléfono es __0927123456__ .（請依照實際情形回答）

Yo soy __profesor__ .（請依照實際情形回答）

El apellido de la profesora es __Li__ .（請依照實際情形回答）

El abogado es __simpático__ .（請依照實際情形回答）

Ella es __diseñadora__ .（請依照實際情形回答）

El correo electrónico es __bc246@correo.com__ .（請依照實際情形回答）

第四天：輕鬆開口說西語！

4-1

El médico __trabaja__ en un hospital.

Los profesores __trabajan__ en la escuela.

Nosotros __trabajamos__ todos los días.

4-2

Yo hablo español en el hotel.

Ellos hablan italiano muy bien.

Nosotros no hablamos alemán.

4-3

Yo **compran** / **(compro)** un periódico en la librería.

Nosotros **compran** / **(compramos)** unas camisetas.

Tú **(compras)** / **compran** un traje en la tienda.

4-4

necesito •   • Nosotros _____ una casa grande.

necesitamos •   • Tú _____ un traje nuevo.

necesita •   • Él _____ un profesor de inglés.

necesitas •   • Yo _____ una bufanda.

西班牙語加油站

1.

	trabajar	hablar	comprar	necesitar
yo	trabajo	**hablo**	compro	**necesito**
tú	**trabajas**	hablas	**compras**	necesitas
él / ella / usted	**trabaja**	**habla**	compra	**necesita**
nosotros / nosotras	trabajamos	**hablamos**	**compramos**	**necesitamos**
vosotros / vosotras	**trabajáis**	habláis	**compráis**	**necesitáis**
ellos / ellas	**trabajan**	**hablan**	**compran**	necesitan

2.

Tú hablas español con el profesor.

El estudiante compra una hamburguesa en el restaurante.

Nosotros necesitamos un reloj.

Ustedes trabajan en el hotel todos los días.

Ellos hablan español en la escuela.

3.

Yo hablo **chino y español**.（請依照實際情形回答）

Yo compro una hamburguesa en **el restaurante**.（請依照實際情形回答）

Yo necesito **un libro**.（請依照實際情形回答）

Yo trabajo en la oficina **todos los días**.（請依照實際情形回答）

Mi primo habla inglés.（請依照實際情形回答）

第五天：參加熱情的西班牙派對！

5-1

Mis sobrinos y yo tomamos el ferri en el puerto.
Mis hermanos toman el teleférico todos los días.
Yo tomo el bus con mis amigos todos los días.

5-2

Yo (**tomo**) / **tomas** un zumo de naranja todos los días.
Mis tíos (**toman**) / **tomáis** unas cervezas en la fiesta.
Sus hijas **tomamos** / (**toman**) leche todas las mañanas.

5-3

¿Dónde cantamos?
  a.cantan en mi casa　　　(b.cantamos en el parque)
¿Cuál canción canta tu primo?
  (a.canta "La Bamba")　　b. cantas "Guatanamera"
¿Cómo canta Shakira?
  a.cantan muy mal　　　(b.canta muy bien.)

5-4

Ella **baila** muy bien.
Mis sobrinas **bailan** el próximo miércoles.
Mi tío **baila** con mi profesora de francés.

西班牙語加油站

1.	tomar	cantar	bailar
yo	tomo	canto	bailo
tú	tomas	cantas	bailas
él / ella / usted	toma	canta	baila
nosotros / nosotras	tomamos	cantamos	bailamos
vosotros / vosotras	tomáis	cantáis	bailáis
ellos / ellas	toman	cantan	bailan

2.

Tú cantas canciones en el KTV.

Mi profesor toma el tren todos los días.

Ella baila música latina en nuestra fiesta.

Yo bailo con mi prima en la disco.

Él toma zumo de naranja en las mañanas.

Nosotros cantamos la canción "Livin' la vida loca" este lunes.

3.

Yo tomo <u>un vaso de limonada</u> todas las mañanas. （請依照實際情形回答）

Yo canto <u>en el KTV</u>. （請依照實際情形回答）

Yo bailo <u>con mi amiga</u>. （請依照實際情形回答）

Yo bailo <u>salsa</u>. （請依照實際情形回答）

Yo tomo cervezas con <u>mis amigos</u>. （請依照實際情形回答）

Yo tomo <u>cinco</u> vasos de agua. （請依照實際情形回答）

4.

纜車	a. ferri	b. metro	**c. teleférico**
星期三	a. lunes	**b. miércoles**	c. jueves
葡萄酒	**a. vino**	b. cerveza	c. tequila
劇院	a. disco	**b. teatro**	c. estación
星期六	**a. sábado**	b. domingo	c. martes
牛奶	a. té	**b. leche**	c. limonada

第六天：談談自己的嗜好與興趣！

6-1

¿Con <u>quién</u> ve una película romántica?

¿<u>Qué</u> tipo de películas ven María y Carlos?

¿<u>Cuándo</u> ves al profesor en la universidad?

6-2

Mis hermanas **leen** la revista de modas en la cafetería.

Mi hijo **lee** el cuento "Blancanieves".

Mi jefe **lee** el reporte de mi compañero en la oficina.

6-3

Tú comes un bistec con ensalada en el restaurante.

Yo no como fideos instantáneos.

Nosotros comemos arroz con mariscos y ensalada en el cumpleaños de Carlos.

6-4

(1)Él escribe un poema en la cafetería.

(2)Ellos escriben un reporte en la oficina.

(3)Nosotros escribimos la tarea en la clase.

西班牙語加油站

1.

	ver	leer	comer	escribir
yo	veo	leo	como	escribo
tú	ves	lees	comes	escribes
él / ella / usted	ve	lee	come	escribe
nosotros / nosotras	vemos	leemos	comemos	escribimos
vosotros / vosotras	veis	leéis	coméis	escribís
ellos / ellas	ven	leen	comen	escriben

2.

Mis primos **ven** una película **de acción** en el cine.

Mi amigo **escribe** una carta.

Vosotros **cantáis** una **canción** en el teatro.

Mi papá **come mariscos** en el restaurante.

Tú **hablas** español **muy bien**.

Carlos y yo **leemos** el ensayo en la **biblioteca**.

3.

Yo veo **a mi prima** todos los días. （請依照實際情形回答）

Yo leo el periódico **El País**. （請依照實際情形回答）

Yo como mariscos **en mi casa**. （請依照實際情形回答）

第七天：你辦到了，西語真的很簡單！

7-1

Mi primo **tiene** un ordenador.

Yo **tengo** una lavadora grande.

Nosotros **tenemos** una nevera.

7-2

¿De qué color **quiere** **la bici**?

¿De qué color **quieres** **el abrigo**?

¿De qué color **quieres** **la silla**?

7-3

¿A dónde vas?　　　　　　　　　El profesor va al museo.

¿Cuándo van al teatro?　　　　　　Voy al edificio 101.

¿Quién va al museo?　　　　　　　Vamos al Banco País.

¿A cuál banco vais?　　　　　　　Ellos van al teatro este domingo.

7-4

Nosotros podemos __c__ plaza.

Tú puedes lavar __a__ aquí.

Usted puede __b__ español en la universidad.

西班牙語加油站

1.

	tener	querer	ir	poder
yo	tengo	quiero	voy	puedo
tú	tienes	quieres	vas	puedes
él / ella / usted	tiene	quiere	va	puede
nosotros / nosotras	tenemos	queremos	vamos	podemos
vosotros / vosotras	tenéis	queréis	vais	podéis
ellos / ellas	tienen	quieren	van	pueden

2.

(✗) Yo voy a la casa de mi amigo Mario este lunes.
(○) La familia de Mario es simpática.
(✗) El padre de Mario es ingeniero.
(○) La madre de Mario es médica.
(✗) El padre de Mario trabaja en un hospital.
(○) Ellos son de España.
(✗) Yo no puedo hablar español con Mario.
(✗) Mario tiene una película.
(○) Su padre canta canciones en la sala.
(○) Mario y su mamá bailan muy bien.
(✗) Nosotros vemos una película romántica .
(✗) Mario y yo comemos la cena en la sala.
(✗) Los padres de Mario no toman vino.

國家圖書館出版品預行編目資料

信不信由你，一週開口說西班牙語！ 新版 /
José Gerardo Li Chan（李文康）、
Esteban Huang Chen（黃國祥）合著
-- 修訂三版 -- 臺北市：瑞蘭國際, 2025.05
192 面；17×23 公分 --（繽紛外語系列；142）
ISBN：978-626-7629-28-4（平裝）

1. CST：西班牙語　2. CST：會話

804.788　　　　　　　　　　　　　114003011

繽紛外語系列 142

信不信由你，
一週開口說西班牙語！新版

作者｜José Gerardo Li Chan（李文康）、Esteban Huang Chen（黃國祥）
責任編輯｜潘治婷、王愿琦
校對｜José Gerardo Li Chan（李文康）、Esteban Huang Chen（黃國祥）、潘治婷、王愿琦

西語錄音｜José Gerardo Li Chan（李文康）
錄音室｜不凡數位錄音室
封面設計｜劉麗雪、陳如琪
版型設計、內文排版｜張芝瑜、余佳憓、陳如琪

瑞蘭國際出版

董事長｜張暖彗・社長兼總編輯｜王愿琦
編輯部
副總編輯｜葉仲芸・主編｜潘治婷・文字編輯｜劉欣平
設計部主任｜陳如琪
業務部
經理｜楊米琪・主任｜林湲洵・組長｜張毓庭

出版社｜瑞蘭國際有限公司・地址｜台北市大安區安和路一段104號7樓之1
電話｜(02)2700-4625・傳真｜(02)2700-4622・訂購專線｜(02)2700-4625
劃撥帳號｜19914152 瑞蘭國際有限公司
瑞蘭國際網路書城｜https://www.genki-japan.com.tw

法律顧問｜海灣國際法律事務所　呂錦峯律師

總經銷｜聯合發行股份有限公司・電話｜(02)2917-8022、2917-8042
傳真｜(02)2915-6275、2915-7212・印刷｜科憶印刷股份有限公司
出版日期｜2025年05月初版1刷・定價｜480元・ISBN｜978-626-7629-28-4

◎版權所有・翻印必究
◎本書如有缺頁、破損、裝訂錯誤，請寄回本公司更換

本書採用環保大豆油墨印製